D1546295

# Héroes

# Ray Loriga

## Héroes

ALFAGUARA

Papel certificado por el Forest Stewardship Council®

Primera edición: marzo de 2020

© 1993, Jorge Loriga Torrenova
© 2020, Penguin Random House Grupo Editorial, S. A. U.
Travessera de Gràcia, 47-49. 08021 Barcelona

© Diseño: Penguin Random House Grupo Editorial, inspirado en un diseño original de Enric Satué

Printed in Spain – Impreso en España

ISBN: 978-84-204-5415-3
Depósito legal: B-1580-2020

Compuesto en MT Color & Diseño, S. L.
Impreso en EGEDSA, Sabadell (Barcelona)

AL 5 4 1 5 3

Penguin
Random House
Grupo Editorial

*A Ziggy*

Conducía un camión lleno de dinamita por la Plaza Roja cuando se dio cuenta de que ya no había nada que hacer allí. Se acordó de la foto de Iggy Pop y David Bowie en Moscú. Trató de encontrarlos pero no dio con ellos. Así que comenzó a angustiarse y se angustió tanto que se despertó.

Le pregunté: ¿Qué coño pasa?

Y dijo: Nada, sólo era un sueño.

Después volvimos a quedarnos dormidos. Soñé que tenía una pistola de plata. Una pistola preciosa. Primero disparaba contra el tío que mató a Lennon y pensaba: eso está bien, pero después me ponía a dispararle a todo el mundo. Disparaba sobre los que iban de uniforme y me daba igual que fueran policías, carteros, azafatas o futbolistas. Sinceramente no sabía qué pensar al respecto. Cuando se terminaron las balas, tiré la pistola al suelo y eché a correr. Corría tan deprisa como podía, y podía correr realmente deprisa. Tanto que los niños temblaban en sus asientos cuando pasaba cerca de un colegio. Corría mucho más deprisa de lo que he corrido nunca despierto, dos o tres veces más. Cuando llegué a Moscú me puse a buscar a Iggy y a Bowie pero para entonces ya era viejo y estaba cansado. Un chico con una cazadora de cuero roja me dijo: Bowie ya no está aquí, se ha ido a Berlín, Iggy está con él. Hace un rato ha venido tu chica, pero ella corría más que tú. Ya debe de estar allí. Después el chico se marchó y me quedé solo y empecé a comprender que todo era un sueño, desde el principio. Porque yo no podía ver en sus sueños y porque ni siquiera tenía chica.

Muchos años más tarde estuve en Berlín con ella y, a pesar de que Bowie ya no estaba allí, pasamos un tiempo extrañamente feliz. Berlín es una ciudad jodidamente extraña. Contamos ángeles debajo de la lluvia, saludamos a la gente del circo cuando ya se marchaban, compramos medallas a los desertores y yo me acordé de algo que decía Bob Dylan: «Te dejaré estar en mis sueños, si yo puedo estar en los tuyos».

Estábamos todos bebiendo pero de alguna extraña manera, como casi siempre, yo había perdido el ritmo. Era ingenioso cuando los demás eran entusiastas y entusiasta cuando ya todo el mundo empezaba a ser reflexivo y reflexivo cuando todos querían divertirse y estúpidamente divertido cuando ya andaban cansados. Alguien gritaba: ¡SOMOS PRÍNCIPES!, y yo repetía: ¡PRÍNCIPES, SÍ, PRÍNCIPES!, y entonces otro decía: ¡SOMOS ÁNGELES!, y yo decía: ¡ÁNGELES, SÍ, ÁNGELES! y corríamos de un lado a otro a por más cerveza y alguien ponía coca en una mesa de cristal y luego uno simpático, pequeño y feo pero al mismo tiempo especial y hasta guapo a su manera, como una de esas ranas que uno sabe que acabarán convirtiéndose en príncipe, me dio medio ácido y me pasó una botella de vino. Después llegó un rato malo, sin mucha gracia, la conversación se hacía pesada, como puré de verduras o algo así, hasta que apareció una preciosa chica rubia y alguien dijo cómo se llamaba, pero no me enteré, y se sentó en el suelo y el príncipe rana le pasó una guitarra y ella se puso a cantar con una voz que parecía estar agarrada a una cornisa con una sola mano y cantó algo sobre un corazón que pasaba la noche fuera de casa y que volvía siempre por la mañana destrozado en mil pedazos. Cuando terminó su canción todo el mundo aplaudió, y la chica rubia no dijo nada.

Tenía una sonrisa pequeña y eso fue todo lo que nos dio, aparte de la canción. Luego se metió en una de las habitaciones con uno de los tíos que había por allí. Uno de esos que definitivamente no se lo merecen.

Cuando me empezó a subir el ácido pensé: bueno, se acabó. No puedo seguir con esto; el trabajo y la apisonadora RESPONSABILIDAD-CULPA-DIOS TE QUIERE-TU FAMILIA TE QUIERE-TÚ NO TE QUIERES PERO ESO SE PUEDE ESPERAR. Pensé simplemente: adiós, se acabó. Seguí bebiendo cerveza y vino tan deprisa como pude y luego me levanté para cantar algo pero no me acordaba de ninguna canción, así que traté de recordar la canción de la chica rubia y se me ocurrió que si la cantaba la chica saldría del cuarto y me diría algo. Algo bueno o algo malo, pero algo. El caso es que no me acordaba de la letra y terminé por cantar un trozo de una canción de legionarios. Soy un hombre a quien la suerte hirió con zarpa de acero, soy el novio de la muerte. Un niño de unos quince años que había ido allí a comprar caballo me tiró una lata de cerveza a la cabeza. Caí al suelo pero todavía estaba entero. Cogí la lata, la abrí y me senté a beber en silencio. No dije nada más en toda la noche. Antes de que todo empezara a moverse decidí que lo único que necesitaba era una habitación pequeña donde poder buscar mis propias señales. Sabía que no debería haber abandonado la primera habitación. Hacía casi diez años que lo había hecho. Vi claramente que todo funcionaba mal desde entonces. Empecé a imaginar cómo sería mi nueva habitación y decidí que no saldría de ella hasta estar verdaderamente capacitado para engrosar las filas de los ángeles.

Mi hermano perdió una oreja en un accidente de tráfico. Mi hermano perdió su oreja y yo tuve que salir del cuarto para ir a buscarla o para ver por lo menos cómo quedaban las cosas después de eso. Mi hermano se quedó sin oreja y ésa es básicamente toda la historia.

Nunca hubiera salido si no hubiese sido por su oreja. No hay gran cosa que contar. Yo estaba en mi cuarto y mi hermano perdió una oreja. Eso es lo que pasó. Ni más ni menos. A veces me he sentido desnudo y a veces me he sentido como un puzzle en las manos de un imbécil, pero nunca he perdido una oreja. Por eso salí del cuarto.

Algunas mañanas eran iguales a otras mañanas en las que yo era considerablemente más pequeño, en las que era pequeño de verdad y aunque venía rebotado de circunstancias muy distintas, la sensación era casi la misma. Como dos caídas separadas por veinte años pueden suponer el mismo daño.

La sensación de niño era fundamentalmente la de estar desarmado, y en las mañanas de las que estoy hablando la sensación era la misma pero peor, como estar desarmado para siempre. En estos casos la duración de la putada es fundamental, porque no es lo mismo torcerse el tobillo que ser cojo. Un dragón al que se le ve el final de la cola no es un dragón demasiado peligroso, y un tren de diez vagones puede pasarte por encima pero no puede estar pasándote por encima toda la vida. Aunque probablemente no sea muy buena idea enfrentar la longitud de tu suerte a la longitud de un tren. El caso es que en mañanas como ésas me sentía francamente jodido, y trataba de encontrar una molestia nueva y me reventaba encontrarme con la estúpida molestia de la infancia. Y no sólo por las mañanas, también por las tardes o por las noches corres el riesgo de tropezarte con cuerdas y palos y balones y ventanas y camas y todo tipo de familiares y amigos y desconocidos y programas de televisión. Como la sensación de estar tumbado con la cara pegada a la hierba, que creías que había desaparecido para siempre. Es algo parecido a ser capitán de barco y que todos tus buques se llamen *Titanic*.

En medio de estas mañanas iguales siempre pensaba, y lo sigo pensando ahora, que no todo lo que encuentran en tus bolsillos es tuyo.

Siempre quise ser una estrella de rock and roll. Si me hubieras preguntado a los diez años, si lo hubieras hecho, ¿sabes qué habría respondido? Coño, tío, lo único que de verdad quiero es ser una estrella de rock and roll. Eso es lo que te hubiera contestado, pero si no preguntas, ¿cómo demonios vas a saberlo? Quería conocer algunas drogas y dormir poco, pasar algún tiempo sintiendo que mi cuerpo y mi cabeza corrían por caminos distintos. Quería estar solo demasiado tiempo y rodeado de gente demasiado tiempo, quería sentir cierto dolor extraño al que sólo las estrellas de rock and roll están expuestas y quería explicarlo todo de una manera confusa, aparentemente superficial, pero sincera, algo que sólo pueden apreciar los que han estado enganchados a la cadena de hierro y azúcar del rock and roll. Una de esas cosas que no puedes agarrar pero que pueden empujarte o darte de patadas en el culo. Pero nadie preguntaba, y así fue que por el camino estrecho de la más absoluta incomprensión llegué aquí, o al menos eso es lo que creo. Mi madre me dijo: Chico, olvídate de eso. Bajará Dios del cielo para felicitarme por mi asado antes de que tú seas una estrella. Pero yo seguí a lo mío. Bailando con mi chaqueta roja todas las canciones de moda. Mal alimentado pero bien peinado. Sin esperanzas, sin futuro, pero con mucha clase. Ignorando los jardines y arrojándome de cara contra las ortigas. Bebiendo y subiendo a los ácidos, bajando de las noches de coca como el que se cae de un toro salvaje en un rodeo. Pasándolo bien. Besando a algunas chicas y corriendo después. Más rápido que el autobús del colegio. Más listo que los agentes de bolsa. Tan lejos de ellos como se puede estar. Así que ahora no necesito que nadie me desee suerte. He atado todas vuestras promesas con los cordones de mis zapatos y las he tirado al mar. Es tiempo de celebraciones. Vamos a asistir a algunos cambios. Puedes estar conmigo y deberías estar conmigo porque desde la carretera no vas a ver nada. Voy a pasar tan deprisa que despeinaré a tus hermanos, aunque se hayan encerrado en la despensa. Tengo mi chaqueta roja y la palabra más imbécil en la que puedo pensar es DESTINO. Cree en mí o no creas. O mejor muérete. Estoy haciendo lo que puedo. No esperes que te hable de salvación. Sé lo mismo que tú. ¿No crees que podría ser mejor? Los chicos del otro lado de la ciudad ya lo están cantando. Pronto serás el único que no se sabe la letra. Si alguien se hubiera tomado la molestia de preguntar sabría que siempre he querido ser una estrella de rock and roll.

¿Adónde ibas después de *Satisfaction*?

¿Qué hacías después del *Black and Blue*?

Corría por una cuesta que había cerca de casa, era muy duro mientras subías, pero una vez arriba eras el primero en saber si iba a llover. Al otro lado de la carretera estaba el campo de fútbol. Había un tío al que atropellaron de niño mientras trataba de cruzar la autopista. El accidente le había vuelto simpático. Prácticamente era el único tío simpático de la zona. Las piezas de su cabeza se habían desordenado y después se habían juntado de manera distinta. Tenía un orden mental propio y mejor al de los demás tíos que andaban por allí.

Bebía cerveza. Compraba una docena de latas y me las iba bebiendo. Las latas se calentaban, pero no me importaba demasiado. Bebía cerveza caliente. Cuando estaba borracho cantaba *Fool to Cry*. Me imaginaba fuera, en un sitio mucho más grande, o dentro, en un sitio mucho más pequeño. El mundo entero o casi nada del mundo. Me sentaba y bebía. Me sentía como si nunca tuviera que bajar. Simplemente estaba ahí sentado, esperando que los Stones no estuvieran demasiado lejos y también que no estuvieran haciendo nada muy diferente. Trataba de estar en la misma órbita que Keith Richards. Aunque nos separasen un millón de kilómetros todo podía salir bien si conseguía meterme en su órbita. Mi cabeza iba de Las Vegas a mis zapatos, y deseaba más que nunca tener unas botas de charol. Cuando, de alguna manera, el *Black and Blue* se esfumaba todo volvía a ser una mierda. Entonces venía la bajada y no era una bajada muy distinta a la de la cocaína. La carroza era una calabaza y los caballos ratas. Cuando no conseguía retener a los Stones en mi cabeza, volvían las ratas.

Eso era todo lo que tenía entonces, o los Stones o las ratas.

Estaba sentado mirando la televisión con el volumen bajado, uno de esos dibujos animados japoneses en los que unos niños con los ojos inmensos tratan de destrozar a otros niños con los ojos inmensos. Todos parecían estar muy cabreados. No eran más que niños pero tenían unas pistolas cojonudas y unas ametralladoras del futuro con cañones tan grandes como la taza del váter. Estaba viendo los dibujos y escuchando un disco de Red Hot Chili Peppers y eso era todo lo que quería hacer por el momento. Los japoneses se disparaban con sus cañones y a algunos les arrancaban la cabeza y a otros no. Lo cierto es que no conseguía distinguir bien los personajes porque todos tenían casi el mismo peinado y esos ojos inmensos y se movían deprisa para disparar y esquivar los disparos enemigos. Había unos con una pinta imponente que viajaban en una especie de motos sin ruedas que volaban a un palmo del suelo a velocidad supersónica. Ésos eran los más duros, nadie podía con ellos. Subí el volumen de la música para que se ajustase a la energía de los dibujos. Funcionaba de maravilla. Abrí una cerveza y me puse a pensar en todas las cosas que volaban por ahí fuera, cosas aparentemente inocentes que pueden volverte loco en cuanto te descuidas. Pensaba en todas las cosas en las que no quería pensar: neveras, zapatos de cordones, autobuses, bombillas, supermercados, puentes colgantes, sellos, sopas preparadas, anuncios por palabras, recibos de la luz, ollas a presión, rascacielos, el papa, calcetines, elecciones, bombonas de butano, puzzles, condones y campeonatos del mundo de ajedrez.

Yo no quería ser pesimista. De hecho ser pesimista era lo último que quería en el mundo, pero todo lo que pensaba antes de quedarme dormido era triste porque no pensaba en mejoras sustanciales, sino en curvas y pendientes y precipicios y en general en cosas que caían como el plomo. Cosas que podían ser mi polla abandonada por todas las mujeres a las que nunca amaría y por mí mismo en precaución de que mi polla terminase por decidir lo que sería de mí, como un periscopio decide lo que será de un submarino, y otras cosas como aviones en los que pensaba escapar de España y es importante destacar que me cuesta casi tanto decir España como me cuesta decir el nombre de mi madre, lo cual al fin y al cabo justifica la aparición de ambas en mis peores sueños. Amigos a los que fallaría, o pistolas descargadas con las que tendría que enfrentarme a pistolas cargadas y manos sin puños y otros muchos sueños de miedo que ahora no recuerdo bien. Pero eso no era lo que yo quería, era más bien lo que temía, aunque sabía que uno siempre se encuentra con lo que teme, igual que siempre te estrellas contra lo que tratabas de esquivar. Porque las cabezas, sobre todo si son casi nuevas y están considerablemente confundidas, se llenan con lo primero que entra, y así terminan creyendo que las minas son objetivos y eso es precisamente lo que pasaba casi todo el tiempo durante esos días. De manera que no tenía mucho sentido tratar de mejorar las cosas porque los agujeros de mi calle estaban pintados con tanto empeño como un Bugatti en la línea de la mano de Isadora Duncan.

Aun así me deseaba suerte todas las noches antes de quedarme dormido.

Bebíamos cerveza y conducíamos camino de la costa. Él tenía veinte años y yo diecisiete. Le había robado a su padre un Mercedes del 65. Era un coche precioso, plateado como el lomo de una carpa, con alerones traseros y salpicadero de caoba. En el colegio armaron un gran escándalo. Dijeron que pensábamos matar a alguien. Lo cierto es que llevábamos una escopeta de dos cañones y veinte o treinta cartuchos. Él conducía todo el tiempo. Decía: Todo se muere tarde o temprano. Yo le iba pasando las cervezas. Decía: Éste es un buen coche, no podrán agarrarnos con un coche como éste. Cuando paramos en una gasolinera, el tío que ponía gasolina le dijo: ¿No eres muy joven para un coche tan bueno?, y él le contestó: ¿No eres demasiado viejo para un trabajo tan malo?

Compramos más cerveza y seguimos hasta el mar. Él me dijo: Todas las carreteras llevan a un sitio mejor, y yo me lo creí.

Cuando llegamos al mar, dejamos el coche y nos fuimos a ver las olas. Era de noche y hacía bastante frío. Estábamos vestidos pero nos metimos en el agua. Teníamos tantas latas vacías en el coche que podíamos haber hecho un dique con ellas, pero preferimos meternos en el mar y dejar que las cosas siguieran su curso. Cuando salimos del agua me dijo: Se acabó. Ahora tengo que volver. Mañana por la mañana estaré otra vez en la ciudad.

Yo pensé que habría algo más pero no sabía qué coño quería. Subimos de nuevo al coche y fuimos de un tirón hasta la misma gasolinera. El tío que ponía gasolina le dijo: Sabía que volverías enseguida, y él respondió: Yo sabía que seguirías aquí. Compramos más cerveza y comenzamos el camino de vuelta a casa. Creo que nunca he vuelto a subirme en un Mercedes, al menos nunca he subido en uno tan bonito. Cuando llegamos a la ciudad ya estaba amaneciendo. Él sacó la escopeta por la ventana y disparó una sola vez con una sola mano. Nunca supe si le habíamos dado a algo.

Me dejó cerca de casa. Parecía contento. Antes de marcharse me dijo: Amigo, reza por algo que te libre de esta mierda.

Quisiera dedicar una canción a todos aquellos niños a los que alguien se comió alguna vez en algún lugar del mundo por distintas buenísimas razones, todas ellas bendecidas por expertos religiosos o expertos financieros o simplemente expertos en el difícil arte de empalar cuerpos pequeños con una lanza. Como uno acaba dudando de casi todo, especialmente del propio vuelo, o sea de la distancia real que le separa a uno del suelo o lo que es lo mismo, de la distancia que le vas sacando a las cosas, conviene hacer unas cuantas declaraciones de principios antes de cualquier viaje en barca porque después vienen los rápidos y entonces ya no sirven los remos para nada y todo lo que dices no se entiende porque no hay dios que hable con agua en la boca. Antes de que lleguen las cataratas, quería decir que me gusta chapotear y si suena artificial, que te den por culo, porque hasta el más tonto sabe que no se puede chapotear en aguas profundas y si ves en eso rasgos de inmadurez que te den por culo otra vez porque hace falta mucho valor para tirarse de cabeza donde no cubre.

Compraba bengalas y sembraba la autopista de bombillas, por las noches no veía gran cosa pero todo lo que veía era suyo.

Se cortó un dedo de cada mano pero ella se quedó un par de días más a su lado. Desgracias de una línea y suerte de estribillo. Zapatillas de colores para todos los niños del mundo. De esas que tienen un colchón de aire en la suela y refuerzo de caucho en las punteras.

Cuando tenía catorce años todavía rezaba, y le pedía a Dios una chica bonita. Jugábamos al fútbol todos los fines de semana y no siempre ganábamos. En realidad nunca ganábamos. Bebíamos cerveza y le pedíamos a Dios una chica bonita. Teníamos corbatas pero no las usábamos, sabíamos muchas oraciones pero no las rezábamos. Sólo nos acordábamos de Dios para pedirle una chica bonita. A los dieciocho entré a trabajar en una tienda. Nada más verle la cara al encargado perdí la fe. Era el chico de los recados y aunque era un mal trabajo mal pagado, Dios sabe que nunca me quejé y que todo lo que quería era una chica bonita. Un día pedí permiso para ir al funeral de mi abuelo y me lo negaron. Un día pedí permiso para ir a vomitar y me lo negaron. Trabajaba cuando estaba enfermo porque decían que había muchos esperando mi puesto. No era divertido, pero yo no pedía nada. No pedía nada más que una chica bonita. No me gustan los concursos pero he llamado a uno que se llama «Llame y pida». Sé que parece un juego de palabras pero no importa. He llamado y sólo he pedido un poco más de lo que pedía antes. Lo único que he conseguido es una batería de cocina mandada a la dirección equivocada. No acabo de entender por qué es todo tan difícil. Nunca he pedido nada. Nada que no sea una chica bonita.

¿Qué hacías antes?

Antes tenía un trabajo. Me refiero a uno de esos trabajos que atan los días y los hacen iguales, como dos minutos sentado en el mismo banco son sólo uno. Los días de cobrar eran buenos. Dormía muy poco, tres o cuatro horas. Salía todas las noches. Por las mañanas mientras volvía a casa o directamente al trabajo, me sentía al principio de algo y al final de algo. Los días se arrimaban en espiral. Arrastraba la sensación constante de estar herido.

Sobre todo después de una noche con cocaína. Tropezaba todo el tiempo y me gustaba. Tropezar supone algún tipo de accidente. Oía a los Sex Pistols. A los Clash. Volvía a trabajar. Salía del trabajo y me iba a beber. El trabajo no era nada, sólo una especie de presión invisible. Una serpiente en el barro. Pero tampoco demasiado malo, ni demasiado duro, como mucho estúpido. Algo que hacer, como estar sentado o estar de pie. Ahora recuerdo más a los Sex Pistols que al trabajo. Recuerdo *Should I stay or Should I go* de Clash. Recuerdo las mañanas más que las noches y estar desarticulado, como uno de esos muñecos del cuerpo humano en los que había que ir montando todas las piezas. Los riñones, el hígado, los pulmones, el páncreas y todas esas cosas. Un muñeco de plástico desarticulado. También recuerdo *Nebraska* de Springsteen, sobre todo *Johnny 99*. A Johnny le echaban del trabajo así que se ponía a buscar otro, pero estaban cerrando las fábricas y no había nada para él. Entonces Johnny bebía y conducía su coche a toda velocidad, después se compraba una pistola y le disparaba a un vigilante. Al final estaba ante el juez y decía: Deje que me afeiten la cabeza y me ejecuten de una vez.

Era una buena canción.

¿Qué hiciste después?

Dejé el trabajo. Comprobé que la mayor parte de las luces se encendían y se apagaban sin contar conmigo; cines, cafeterías, grandes almacenes, coches, trenes y aviones, las farolas en los puentes y los semáforos. Así que puse los dedos sobre los interruptores que podía controlar. También imaginé que venía algo mejor y me senté a esperar dentro del *Blood on the Tracks* de Dylan.

Los niños del último curso se sientan en la hierba y esperan a que termine el verano para empezar a pensar en algo. Sueñan con ser astronautas pero el espacio no cuenta con ellos. Estarán tan cansados de esperar antes de que llegue el invierno que ya ni siquiera mirarán hacia arriba. Procura elegir bien porque un suicida no va a enseñarte a esquivar las minas. Las canciones que escriba a partir de ahora no van a explicarlo todo, pero quién coño quiere oírlo todo. Es más importante tener la ropa adecuada que tener la información adecuada. Esta ciudad puede matarte de un millón de maneras distintas antes de saber qué coño ibas a decir. Es jodido. Pero así están las cosas. Sólo te queda confiar en los ángeles y, bueno, creo que ya todo el mundo sabe que es David Bowie el que cuida de los ángeles. Así que ya sabes hacia dónde tienes que mirar si quieres que amanezca más deprisa, o si en mitad de la noche te da por pensar que no hay nada como estar en casa. Puedes apretar los ojos al dormir pero eso no hará que las pesadillas pasen más deprisa. Una desgracia no disminuye tu porcentaje total de desgracias, eso es algo que inventaron las compañías aéreas para animar a los viajeros después de un accidente. David Bowie es el único capaz de librarte del pánico. Lleva mucho tiempo cuidando de todos los ángeles y puede cuidar de nosotros si aprendemos a confiar en las canciones.

Después de cerrar la puerta se puso a escuchar los pasos de todas las pequeñas venganzas andando por el pasillo. Algunas traían nombres que ella ni siquiera conocía. Pecados bíblicos y muertos de los que nunca había oído hablar. Crímenes caducados que reclamaban ahora su atención. Desgracias en herencia.

Una de ellas se asomó a la ventana y le dijo: Tarde o temprano saldrás. Sabemos que no puedes pasar los viernes en casa. Nos disfrazaremos de algún chico agradable con una amena conversación sobre perros y películas francesas, hablaremos de Rohmer si hace falta, traeremos vino y te haremos daño.

Después llegó otra distinta y le prometió algo grande si se esforzaba lo suficiente.

Casas con jardín y niños por todas partes, dentro del horno y debajo de las camas. Tendrás también esa olla de oro que hay al final de las películas.

Las pequeñas venganzas siguieron desfilando durante toda la noche y por más que las miraba no conseguía reconocer a ninguna.

Por la mañana dejó de escuchar pasos. Cuando bajó a desayunar su madre le preguntó qué tal había dormido y pensó que aquello era como preguntarle a Kennedy qué tal le había ido por Dallas.

Luego su madre dijo: Sabes que él no quería pegarte tan fuerte.

Pero eso ya no lo oyó, estaba a más de mil kilómetros borrando el camino de vuelta a casa.

¿Qué es lo más triste que recuerdas?

Todo ese tiempo durante el cual no había nada que tapase la tristeza. Quiero decir que la tristeza es algo constante. Las canciones tapan la tristeza igual que el ruido tapa el silencio. Cuando las canciones se acaban vuelve la tristeza. Ir sentado en el autobús por la noche. El sonido de los televisores en verano que baja hasta la calle desde las ventanas abiertas, y la luz azul de los televisores en las mismas ventanas, la estupidez de los domingos, organizar tu propia fiesta de cumpleaños, los regalos que no te gustan hechos con verdadera ilusión, dejar de sentirse maravilloso para sentirse normal, no beber, no tomar nada, estar como al principio, Cáceres, cuando desaparece la sensación de ser otra persona que se te queda al salir del cine, las conversaciones del taxista, el metro, las máquinas de chicles del metro, la desgracia o la suerte de los parientes, cualquier noticia de los parientes en realidad, tratar de dormir solo sin estar borracho, los trenes de cercanías, que nada se parezca a algo que has leído. Lo peor es la tristeza. Arriba y abajo es mucho mejor que la tristeza, no importa lo violenta que sea la caída.

¿Cuánto puedes subir?

Da igual cuanto consigas subir, porque siempre llegas a un punto en el que ya no hay más. Puedes seguir con las anfetaminas pero ya no subes ni un peldaño más. Te quedas colgado en tierra de nadie, como una cometa en un tejado, y cuando te pasa eso quieres bajar y descansar pero no puedes y a veces te cuesta un par de días y son un par de días bastante jodidos. No puedes dormir y no puedes seguir funcionando. No vas a ninguna parte, como una lancha con un motor de seiscientos caballos fuera del agua, la hélice sigue girando pero no avanzas, tienes que esperar a que se termine la gasolina, no puedes parar la hélice con las manos.

¿Y eso es bueno?

Eso es algo y algo siempre es mejor que la tristeza.

La mayoría de los chicos de mi barrio decían que nunca conseguiría una chica como ésa. Porque su pelo era largo y rubio y porque sus ojos no miraban nada de lo que tenían delante.

Supongo que las apuestas a mi favor no superaban las de un caballo de tres patas. Pero nadie sabe a ciencia cierta qué viento sopla más fuerte en el corazón de una mujer. Me refiero a que hay tíos que plantan banderas en la luna pero nadie sabe si son ellos los que van a volver locas a las chicas de por aquí. Todo el mundo tiene una oportunidad y hay que ser muy malo para no acertar nunca con una moneda que sólo tiene dos caras. Por otro lado la más pequeña de las mujeres tiene faldas y pies y respuestas tan extrañas como dormir al lado de un cañón.

Sé jurar en falso y tengo unas preciosas botas de piel de serpiente.

Puedo tatuarme un dragón en la espalda, pero el día del cumpleaños de quien sea seguiré pensando que de todo lo que nunca he tenido ella es lo que más echo de menos.

Estábamos sentados en una valla de piedra de dos metros de alta. Llevábamos ocho o nueve cervezas cada uno. No éramos grandes amigos. No nos sentíamos muy cómodos ninguno de los dos. De alguna manera éramos demasiado duros para estar allí sentados con los pies colgando. El caso es que era uno de esos tíos a los que todo el mundo quería acercarse, así que para mí aquello era una especie de honor. Con los tíos importantes del colegio siempre puedes acabar haciendo el ridículo, pero es mejor eso que sumarse al ejército invisible de los mierdas completos. Al menos mientras uno de estos tíos grandes se sentase en una valla a beber contigo, sabías que las cosas tenían remedio.

—¿Crees que hay algo que merezca la pena?

No sabía muy bien a qué coño se refería, pero supuse que era conversación para iniciados y no tenía ninguna intención de quedarme fuera.

—Supongo que sí.

—Joder, no me refiero a los Beatles, ni a Neil Young, estoy hablando de cosas que tú y yo podamos encontrarnos un jueves por la tarde.

—Bueno, entonces, supongo que no.

—Creo que vuelves a equivocarte. Estar aquí sentado bebiendo cerveza mientras los demás tratan de verle las bragas a una profesora de matemáticas, que tiene un coño que antes de dilatarse demasiado estuvo trabajando como estación del metro, es una de esas cosas que merecen la pena.

—Sí, creo que estoy de acuerdo.

—Ya.

—Sabes una cosa, no me voy por ahí a beber cervezas con cualquiera.

—Ya me imagino.

—Quiero decir que podría partirle la cabeza a cualquiera de esos gilipollas que tenemos en clase.

—Me parece que no hay ningún gilipollas de esos que tenemos en clase que no lo sepa.

—A eso me refería, creo que nunca habíamos estado bebiendo antes y creo que me gusta, eres uno de esos tíos tranquilos que no hablan todo el tiempo, pero tampoco eres uno de esos imbéciles que no dicen nunca nada, y que te hacen sentir como el pueblo de Dios, esperando a que baje el mierda de Moisés con sus jodidas tablas.

—Sé lo que quieres decir.

Nos quedamos los dos en silencio un buen rato. Seguimos con la cerveza. Hacía un día precioso y yo me sentía como uno de esos soldados que vuelven de la guerra con medallas cosidas hasta en el dobladillo de los pantalones. Sabía, de todas formas, que un tío tan duro no podía soportar que me pasase la tarde mirando cómo le colgaban los pies.

—Me apostaría una pierna a que eres virgen.

—Espero que no sea la derecha, porque si no, vas a tener que tirar los penaltis con la polla.

—Venga, no te hagas el listo, eres más virgen que los sobrinos del pato Donald.

—Deberías preguntarle a algunos de los coños de la clase por qué ya no se pasan el día frotándose contra los picos de las mesas.

—No me jodas, me apostaría la polla a que no has vuelto a ver un coño desde que te parió tu madre.

—Allá tú, pero me temo que vas a tener que tirar los penaltis con las orejas.

Llegó otro buen rato de silencio. Los dos bebiendo y nuestros cuatro pies colgando. Yo no estaba muy seguro de nada. Estaba como un boxeador que pelea fuera de casa y espera a que los jueces saquen las cartulinas con los puntos.

—No eres más que una mierda virgen, pero reconozco que tienes cierta gracia. Me refiero a que no eres uno de esos subnormales capaces de soplar las velas de una tarta de cumpleaños con el agujero del culo.

—Supongo que no.

Seguimos allí sentados hasta que se terminaron las cervezas. Luego él se fue a su casa y yo a la mía. Yo estaba muy contento. Era mi primer combate nulo.

Puede que algunos piensen que estás perdido, pero no eres tan débil como creen. Cuando despiertes mira debajo de la almohada y cuéntale a todos los chicos del barrio lo que has encontrado. Donde escondiste un diente hay ahora un tiburón. En mi cuarto ya no hay nada que no dependa de la suerte. Todos los cambios son extraños y ninguna revuelta te pilla con el peinado adecuado, pero eso no es malo. Los desorientados son chicos con un millón de opciones distintas.

Puede que no parezcamos hombres de provecho pero nunca vamos a disparar en el parque. Claro que quiero ser tan rico como una estrella de rock and roll pero eso es por culpa del precio que le habéis puesto a las cosas. En cualquier caso es más importante ser tan guapo como una estrella de rock and roll y sobre todo estar allí arriba, donde nadie puede hacerte daño. Donde nadie te ofrece un trato.

Canta las canciones que te llevan tan lejos que ya no puedes ver cómo crecen las uñas de tus propios pies.

Quédate ahí y olvídate de todo lo demás.

He hecho una lista de todos los agujeros en los que no quiero meter la cabeza. No hay nadie que sea tan guapo como para no enamorarse, si no lo crees, pregúntale a Bowie. Quiero estar solo porque no confío en los que tengo alrededor, lo que no quiere decir que vaya a estar solo para siempre. Tengo algunos amigos muertos que siguen siendo mis amigos. Estoy empezando pero ya he perdido un poco de mi parte. Lo peor ya ha pasado. Desde que dejé el colegio y a mi familia no he vuelto a comer el espeso puré del aburrimiento absoluto y la pena negra absoluta escondida debajo de la cama. No creas todo lo que te dicen, no creas nada de lo que te dicen. Si no te gusta esta fiesta no vuelvas por aquí. Yo podría transformarme en una estrella de rock and roll y desaparecer mientras te lo piensas.

Conocí a un chico que era alérgico al polen y al polvo y al serrín y al humo provocado por combustión de carburantes y a las ensaladas y a los gatos y a las ballenas y a las fibras sintéticas y a uno de cada dos medicamentos. Era uno de esos chicos que no hablan con nadie. Parecía uno de los que viven en campanas de cristal, pero era alérgico a las campanas de cristal, así que tenía que enfrentarse con todas sus alergias. Llevaba sus alergias encima como un viajante de comercio lleva sus maletas. Demostró legalmente que era alérgico a sus padres, así que sus padres tuvieron que darle una pensión vitalicia sin disfrutar a cambio del consuelo de agujerear sus zapatos con sus propias desgracias, además él ni siquiera llevaba zapatos porque era alérgico a la piel y al caucho. Le hicieron unos zapatos de madera pero a él le pareció que era como andar con dos ataúdes chiquititos en los pies, así que los tiró por la ventana. Una chica que pasaba por la calle recogió los zapatos, y como nunca había visto unos zapatos tan raros subió a ver de quién eran. El chico abrió la puerta y la chica entró, los dos se miraron un rato y los dos eran guapos, y los dos llevaban solos demasiado tiempo, así que se abrazaron un poco a ver qué pasaba y resultó que la chica iba vestida con fibras sintéticas y tenía ojos de gato, y estaba gorda como una ballena y tenía polen en el pelo y serrín en el cerebro y antibióticos en los dedos y ensaladas en la falda y un motor de explosión que le ayudaba a subir las escaleras. El chico se murió con una estúpida y gigante sonrisa de felicidad en la cara.

Cuando me desperté estaba seguro de que podía aprender algo de ese sueño pero no sabía qué coño podría ser.

¿Adónde vamos a ir ahora que lo sabemos? Para qué sirve conocer la cura si tenemos que seguir expuestos al contagio por los siglos de los siglos. Qué más da de dónde vengan nuestras sonrisas. Al chico que canta delante de la banda le sobran todos los días de la semana y sólo quiere estar arriba, porque arriba siempre es mejor que abajo. Digan lo que digan los sindicatos y la literatura. Arriba es mejor que abajo, y eso ya lo enseñaban en *Barrio Sésamo*. Hasta las madres de los tontos saben eso. El chico canta sus canciones y después deja que le pase una noche por encima y hace bien porque estar en medio de una noche, ofreciendo cualquier tipo de resistencia, es como escupirle a las olas, pero la pregunta sigue siendo la misma, porque la enfermedad sigue siendo la misma y a nadie le interesa qué te estás metiendo para frenar el avance irremisible de SEACABARON-LASESPERANZAS, y no me refiero a las esperanzas colectivas; colegios para todos, mantas y bocadillos y los chinos como hermanos, sino a las esperanzas personales, secretas y escondidas debajo de ¡YA ESTOY EN CAMINO!, es decir, todas las cerillas que esperan saltar del tren con llamas en la cabeza.

¿Qué quieres decir exactamente?

Nada. Precisamente se trata de no decir nada exactamente. Ahí está la gracia. Las piezas redondas no encajan en ninguna parte. Las piezas redondas rebotan y ser redondo y rebotar es como ser una pelota de tenis, y nadie quiere ser una pelota de tenis, es mucho mejor ser un gancho de carne que una pelota de tenis.

¿Y eso por qué?

Porque una pelota de tenis no puede agarrar nada ni tiene con qué agarrarse. Aunque en cualquier caso, ¿adónde vamos a ir ahora que lo sabemos?

Hay que guardar un cierto orden. Me refiero a un orden de prioridades. Algunos de los chicos no lo han conseguido. Algunos de los chicos se han muerto y otros están en camas de hospital esperando. Como esa chica a la que todo el mundo quería, que murió en menos de dos semanas. Sabes que se muere el chico alto y rubio, muy delgado que había pasado drogas desde Holanda, y había robado coches y que había estado a punto de morir cuando una pareja de portugueses le machacó la cabeza con una pistola y que ahora espera en una cama con la dignidad de un general fusilado. Un chico alto, rubio y delgado que preguntaba siempre por la próxima fiesta. Nunca pensé que tuviera que mirar a la cara de tantos chicos muertos.

Hay una nueva desgracia esperando en el pasillo, y ha venido para quedarse. En cualquier caso conviene aclarar que si no abro la puerta no es por eso. Hay un millón de maneras distintas de joderlo todo definitivamente y ninguna me gusta más que otra. Éstos no son los días de los mártires, son los días de las víctimas. De alguna manera estarán en mis canciones. Como los pasos de todos los perros están en las huellas de un solo perro. Si me preguntas a mí, te diré que no me gusta cómo están las cosas, pero tampoco tengo intención de entrometerme. Por ahora sólo quiero estar encerrado. No quiero volver al colegio de los idiotas, ni a la universidad de los idiotas, ni a la fábrica de los idiotas. No quiero ser el dueño de una sonrisa navegable. Vístete con lo mejor que tengas, y corre a tu cuarto. Nadie puede sacarte de allí. Nadie puede entrar en tu cuarto, nadie puede entrar en el mío. La contraseña cambia cada vez que intentas recordarla. Las ventanas son negras. Las paredes son de piedra. El ascensor está roto y las escaleras van desde el sótano hasta el tejado sin detenerse aquí. Échate a dormir, te avisaré cuando pase algo. Sólo saldremos cuando haya una buena fiesta. Cuando estemos todos cantando algo grande. Dios sabe que somos buenos. Cuando nos sentaban a todos en el patio del colegio sabíamos que las canciones estaban equivocadas, pero también sabíamos que las voces no lo estaban. Confiábamos como niños, esperábamos intranquilos como niños. Muchos se dejaron engañar como niños. Los demás están encerrados en mi cuarto. No miramos hacia arriba porque no se nos ha perdido nada en las estrellas, todo lo que tenemos está tirado por el suelo. Las niñas de las zapatillas de colores son inmunes a vuestros presagios. Todo cambia muy deprisa, y hay que ser un lince para atrapar al mentiroso. Puede que no sea verdad ahora, pero también puede ser que te fríen en la silla por todo lo que estás jurando esta semana. Si me preguntas a mí, te diré que sólo quiero chicas bonitas y cerveza. No quiero más años de los que pueda manejar con una sola mano. Puede que sólo esté dando vueltas, pero no creo que tú puedas hacer un remolino mejor. La chica rubia ha pasado toda la tarde en el cine pero no ha encontrado a nadie que le diga qué es lo que tiene que hacer. Ha pagado su entrada y ha pegado los ojos a la gran pantalla. Dos mil soldados desfilan por las calles de París pero está tan sola como al principio.

Se está volviendo todo tan aburrido que cualquier pequeño asunto doloroso con un chico de otro edificio parece bueno. Después se da cuenta de que todos los dedos dejan huellas y entonces llora, y se pone a buscar a alguien que de verdad se lo merezca, y después de mirarse desnuda y después de recordar todos los nombres de hombre que conoce, se pregunta: ¿Hay vida en Marte?

Las penas del padre para el hijo. Las trampas del padre para el hijo. Las puertas que cierra el padre le pillan al hijo casi todos los dedos. Supongo que al principio soñabas con correr en pruebas de velocidad, y te ha sorprendido mucho verte metido en las de resistencia. Nadie quiere perderte de vista. Quieren ver cómo te cansas corriendo despacio. Te dicen «esto es lo que hay», y no te extraña porque es lo mismo que has visto. Son buena gente y tienen sus propios problemas. Así que la historia sigue su curso. Te lo crees todo sin hacer demasiadas preguntas. Alguien debe saber de qué coño se trata. No vas a pasarte la vida haciéndote el listo. ¿Puedes creer que el chico de la casa grande de la esquina metió la cabeza en el váter y tiró de la cadena? Dice que Australia no le quita el sueño, y nadie está muy seguro de lo que hay que hacer con un chico así. Tenía una novia preciosa, que andaba siempre debajo de preciosos vestidos que casi andaban solos. Su novia y él estaban pensando en casarse. El padre de ella tenía una ferretería y estaba dispuesto a buscarle un buen empleo a un chico listo que cuidase a su hija. No es que estuvieran decididos a casarse enseguida, pero en alguna parte de la ciudad alguien estaba ya preparando la tarta. El chico metió la cabeza en el váter y tiró de la cadena. Aquello fue la noticia del mes. La gente del barrio no hablaba de otra cosa. El pastelero fue el primero en reaccionar: «No es la primera tarta que cambia de rumbo». La chica de los vestidos preciosos tardó un poco más en entenderlo. Su padre se lo explicó muy despacio. «Nunca puedes estar seguro con un chico que no sabe dónde está Australia.» El chico le echa la culpa a los locutores de televisión: «Puedes ver cómo se mueven sus bocas pero no puedes entender lo que dicen. Hablan de niñas mutiladas y de campeonatos del mundo. Es como el revólver de un idiota: una bala de verdad y una de fogueo, una de verdad y una de fogueo, una de verdad y una de fogueo».

¿Vendrás a verme ahora que lo sé?

¿Vendrás a verme si te prometo que me olvidaré de todo?

Estoy solo cuando llueve, estoy solo cuando no llueve, estoy solo sentado en el fondo del autobús y la gente me mira como si llevara alguna maldición dentro y todos tienen cara de venir de matar a alguien o de ir a matar a alguien. Estoy solo en las fiestas de las pastillas. No me gusta ver las manos de los hombres cerca del cuerpo de los niños. Me bebo mi cerveza y me voy solo a la cama. Escribo mis oraciones en la sección de anuncios por palabras. Vendo mi corazón en parcelas. Las más caras tienen buenas vistas.

Lo que sé: no siempre soy lo que quiero. De ahí la importancia del disfraz. El disfraz es la verdadera intención. La verdadera voluntad. El disfraz obliga.

Estoy solo en la calle sentado en las escaleras de un portal. Estoy esperando a un amigo. Bebo cerveza y espero. Está bien. Puedo esperar mucho. Soy muy bueno con la espera. Miro pasar a la gente. Ellos visten de negro y Dylan lleva un sombrero blanco.

Los chicos del viernes hablan de mujeres en voz alta, pero no tienes que creer todo lo que dicen. Todas las chicas tienen el corazón roto. Las carreteras están atascadas durante el fin de semana. Todo el mundo quiere estar lejos de donde ha nacido. Al menos el viernes por la noche. Los bares ya no dan dos por una y en esta ciudad tienes que ganar mucho para poder beber en el centro. Los camareros han enterrado sus sonrisas porque es viernes por la noche y la gente coge todo lo que brilla. Con o sin permiso. Las niñas bonitas siempre son las que están más tristes porque saben que hay más tíos dispuestos a hacerles daño. Las niñas feas se dejan ir y bailan toda la noche solas, o unas con otras y no tienen suerte ni atrayendo las desgracias. Los tíos con coche juegan con los dados trucados y los que tienen dinero nos están viendo a todos las cartas. Las madres no duermen en toda la noche porque saben que duele pero también saben que no hay nada mejor y no acaban de decidir qué es lo más peligroso. No hay nadie que no dispare el viernes por la noche, ni hay quien esquive los disparos. Sé que no puedo esperar que estés siempre sola,

lo único que te pido es que no te lo creas todo.
No te fíes de los anillos de oro, ni de las carrozas
de plata. Todos mentimos bien los viernes por la
noche.

¿Qué esperas de tus canciones?

Bien, estoy aquí metido, en mi cuarto, y las canciones van saliendo y yo sólo espero que no me dejen tirado, espero de las canciones todo lo que no me han dado mis padres, ellos eran muy buenos con los consejos y con las minas. Ponían millones de minas en el pasillo, decían, chico estamos a tu lado, sólo queremos ayudarte, pero cuando salía al pasillo sólo veía sus minas escondidas debajo de la moqueta. Espero poder andar por encima de mis canciones más tranquilo de lo que andaba por encima de los pasos de los demás.

¿Vas a estar aquí mucho tiempo?

Voy a estar aquí para siempre.

He estado viviendo en la carretera de un solo sentido demasiado tiempo. El mismo autobús y los zapatos cada vez más pequeños, hasta que los cordones te cortan la respiración. Entonces ya no puedes pensar porque el oxígeno no te llega al cerebro, y sólo ves que todos los niños están corriendo tan deprisa como pueden.

Me salvé del uniforme pero un buen apretón de manos me devolvió a la trampa. Una cálida, inmensa sonrisa que te tiene clavado con su NO SABES CUÁNTO ESPERAMOS DE TI. Puedes imaginarte cómo funciona; siguen apostando aunque el caballo se haya muerto. No soy el hombre de piedra, lo único que pretendo es estar escondido el tiempo suficiente. No es fácil que confíes en ti mismo cuando todos confían en que seas alguna otra cosa distinta. Has nadado en arena demasiado tiempo. Estás tan cansado que las piernas no te responden. Quieres saber dónde coño está la banda de Ziggy. Busca una chaqueta roja y los demás darán contigo. Mientras tanto espera, cuenta los días, sujeta la pistola con las dos manos y asegúrate bien de no disparar en la dirección equivocada. Siempre habrá un tío en la televisión que diga que somos delincuentes. Pero eso ya deberías saberlo. Dirán que no tienes una escala de valores bien definida, y que no te han dado suficientes consejos. Olvídate de los consejos. Los consejos no son más que una forma de muerte prematura y hereditaria.

Olvídate del mapa pero no te olvides del tesoro.

Supongo que la suerte no va a durar siempre, pero no por eso voy a dejar de querer a la banda cuando está tocando bien. La gente de la calle se está organizando, lo llaman patrullas urbanas y están dispuestas a arrancarte la piel por un solo agujero en tu cuerpo. Dicen que lo hacen por sus hijos pero no puedes creer todo lo que se dice. Mientras dure esta locura prefiero estar solo. Me gusta cuando tocan rock and roll. Tengo el traje de un mendigo y los zapatos de una estrella. Voy a seguir bailando hasta mañana.

En el fondo sólo queríamos ser cinco chicos que diesen bien en las portadas de los discos. No queríamos cargar con la responsabilidad de un millón de personas esperando nuestro próximo movimiento. No tenemos el corazón de acero ni grandes planes para el futuro. Cada uno de nosotros tenía su propia forma de hacer las cosas. Fuimos a un programa de televisión, uno de esos programas debate y una señora que parecía de lo más educada dijo que nos quería ver a todos muertos. Después, en otro programa con llamadas en directo, llamó una monja y dijo que había aprendido a correrse gracias a nosotros pero que todavía prefería a Dios. No te jode. Yo también prefiero a Dios. El error más común, lo que de verdad no se imagina la gente, es que las cosas nunca te pasan a ti. Las cosas van demasiado rápidas, pasan alrededor de ti sin que puedas hacer nada. Una vez en Australia un tío se subió a un puente y dijo que se tiraría desde allí si no tocábamos *El tipo que traga sables se corta el intestino cuando baila el twist*. Bueno, el caso es que lo estuvimos pensando. Era nuestro primer concierto en Australia y no queríamos joderlo. Había cien metros de caída libre desde el puente, pero al final decidimos no tocarla, sencillamente no era uno de nuestros mejores temas. Pensamos, este tío es un cretino y no va a tirarse por una tontería como ésa. Dimos un buen concierto esa noche. Le dedicamos *Gente estropeada* al tío del puente y todo el mundo aplaudió, todos sabían lo del imbécil del puente y todos pensaron que eso sería suficiente, pero el gilipollas se tiró.

Se partió la espina dorsal, pero no se mató. Le vi en televisión diez años después. Dijo que ya nos había perdonado, y que tenía una vida sexual muy animada gracias a un consolador gigante que le habían traído de Japón.

Después de lo del subnormal del puente la compañía de discos reeditó *El tipo que traga sables se corta el intestino cuando baila el twist,* y el tema estuvo en el número uno tres semanas. Volvimos a tocar en Australia muchas veces más y siempre había algún imbécil subido a un puente pero nadie volvió a tirarse. No sé si me entienden. Me refiero a que las cosas pasan alrededor de ti y no hay mucho que hacer al respecto.

Cuando tenía doce años la única pregunta interesante era: ¿Voy a ser siempre un niño o algún día mataré un elefante? La pregunta sigue siendo la misma.

Un niño sabe tanto de valor, honradez, amor y suerte como cualquiera. Más que cualquiera. La mayor parte de la gente trata de esquivar estas cosas. De eso se trata el juego. Hay que esquivarlas como una de esas chicas estupendas que se ponen en una rueda de madera mientras el tío de los cuchillos va dibujando su silueta. Lo han hecho un millón de veces y, joder, todos saben que casi nunca falla, pero ella sigue esquivando, a veces con movimientos imperceptibles. Los críos del circo no lo notan, para los críos del circo y para sus madres y sus padres y sus tías, o quien cojones sea el que les acompaña, todo el mérito lo tiene el lanzador de puñales, pero lo cierto es que la chica esquiva lo mejor que puede. Los niños saben más acerca del valor que los generales y los presidentes y toda la gente que se dedica a colgar las medallas. He pasado algunos años tratando de sustituir el valor por alguna otra cualidad más rentable, pero me he dado cuenta, a tiempo, de que el valor es lo único que cuenta. Los elefantes saben mucho de valor. Nos ha jodido, un animal tan grande no tiene donde esconderse.

Conocí a un tío tan viejo y que había corrido tanto que su sombra siempre llegaba tres o cuatro segundos después que él. Estábamos sentados en un puente de piedra que pasaba por encima de un río pequeño que cruzaba un parque. No sé qué coño estábamos haciendo allí, veníamos de alguna fiesta y era de día y a alguien le pareció buena idea bajar lo que nos habíamos metido dando un paseo por el parque. En general eran un montón de gilipollas cazando mariposas, pero yo andaba más interesado en los elefantes. Sé que hablo con mucha soltura de las miserias ajenas y que a veces no parezco nada mejor que un miserable que se excluye, pero, qué coño, todos somos valientes en nuestros cuentos. El caso es que el viejo del puente era un sabio. Estábamos sentados en el puente de piedra y yo tenía esa sensación extraña de que las cosas no podían estar mejor.

Me contó una historia de un elefante al que todos los cazadores disparaban. Era un elefante grande como una montaña y todos los cazadores pequeños como una bala de fogueo creían que podrían con él. Disparaban sus rifles y el elefante no caía. Estaba bien jodido, pero no caía. Según me contó, el elefante aguantó durante años aquella historia. Tíos incapaces de tumbarle disparándole a todas horas. Una vida demasiado dura incluso para un elefante. El viejo se quedó allí, a mi lado, durante un par de horas más, sin decir nada, supongo que trataba de averiguar si yo era una de esas personas capaces de estar calladas. Luego me dijo: Chico, cualquier imbécil puede herir a una mujer pero sólo un hombre grande puede llevársela para siempre.

Imagina una enfermedad que avanza borrando sus pasos, de manera que un individuo en fase terminal no tendrá memoria de los momentos anteriores de bienestar. Un enfermo sin recuerdos de salud, y aún peor un enfermo que confunde la salud con una especie de enfermedad temporal, de fácil curación que padeció hace muchos años. Una enfermedad capaz de crear un espejismo, según el cual el asesino de niños es el constructor de hombres. Una enfermedad mentirosa y perfecta capaz de inventar monstruos a los que machacar con su verdadera monstruosidad camuflada.

Ahora piensa en todos los enfermos que conoces y tendrás un magnífico grupo de linchamiento.

Qué triste viendo la entrega de los Oscar cuando dijeron de una actriz que era la bomba del año pasado. Ella caminaba muy estirada como si nadie se lo hubiera dicho. Qué extraño que la gente que uno no conoce esté encerrada en las palabras de otros que tampoco conocemos y a los que en general no tenemos ningún interés en conocer. Qué importa lo que la prensa diga de Keith Richards o Marlon Brando. Qué poco Brando hay en lo que la gente dice de Brando y cuánto Brando hay en lo que yo recuerdo de Brando en la pantalla. Mucho más Brando aún si le sumamos todo el Brando que tengo en mis cintas de vídeo. Algunas de las mejores, unas cien, están en betamax, de manera que se han convertido en una especie de jaula sin puerta.

Cuando tuve mi primera cinta de vídeo sentí algo muy extraño: almacenaba sensaciones que antes perdía dos o tres días después de haber visto una película.

Antes, cuando iba al cine, trataba de retener la sensación de Al Pacino durante mucho tiempo pero siempre se escapaba y lo que quedaba luego era el recuerdo de la sensación y eso ya no es lo mismo. Con el vídeo puedes tener la sensación aislada como un virus, y recuperarla siempre que quieras. Como el que se pone su sombrero favorito. Como las canciones. Puedes ponerte la sensación *Ligth my Fire* y salir a la calle.

Sentirte como Jim Morrison no te convierte en Jim Morrison, pero no sentirte como Jim Morrison te convierte en casi nada.

Yo nunca saldría a la calle sin sentirme como Jim Morrison o Dennis Hopper por lo menos.

Nadie dijo que fuera fácil. Me refiero a correr, esconderse, tratar de querer a alguien, pasar las noches despierto, no enredarse con la mierda del Dios bueno y el Dios trabajo, avanzar sin tirar el lastre, esquivar las balas y tratar de averiguar qué coño pueden hacer los niños en medio de las bombas enterradas en el suelo y las bombas que caen desde el cielo y todas las otras bombas escondidas en la saca del cartero dentro de envíos contra reembolso.

Tenía un amigo que casi nunca llegaba a tiempo y que siempre pedía más dinero del que podía devolver. Todos sabíamos que no le iban bien las cosas, pero cuando le veías no podías jurar que no fuera un príncipe. Parecía uno de esos herederos que se pasan la vida haciendo lo que les da la gana porque saben que algún día todos sus problemas se arreglarán y todos los fantasmas se irán por donde han venido. Todos sabíamos también que no había ninguna herencia esperándole, pero lo cierto es que nadie en el mundo se lo merecía más que él.

Tenía un coche francés, un tiburón. Era un coche precioso. Le debía dinero a todo el mundo, pero jamás vendió su coche.

Recorría la ciudad buscando dinero dentro de su coche y lo cierto es que casi todos sus amigos estábamos de acuerdo en que había que hacer cualquier cosa antes de que perdiera un coche como ése. No le gustaba nada tener que pedir dinero, así que se bajaba de su maravilloso tiburón y te decía: Amigo, no me dejes colgado. Con él y su coche descubrí que algunas personas valen más por lo que piden que por lo que dan.

En el año noventa llegaron por fin a las listas. Tenían un tema entre las diez canciones más oídas en las emisoras de radio. Habían empezado por fin a vender. El líder de la banda tenía un nido de serpientes tatuado en el pecho. Las serpientes subían por el hombro, y bajaban por todo el brazo hasta la muñeca. Lo cierto es que la banda no era muy buena pero el chico de las serpientes tenía algo especial. Su primera actuación en la ciudad fue sin duda lo mejor del año. La prensa escribió: «He visto esta noche el futuro del rock and roll y no es nada tranquilizador, viene reptando por el pasillo de nuestras casas. Si tuviese hijas las llevaría a visitar parientes en el campo. Si tuviese hijos los llevaría con ellas. El chico ha soltado sus serpientes y sus serpientes pueden entrar por todos los agujeros». En el año noventa sacaron su mejor LP, *Dios sabe todo lo que sabemos de Él.* Para entonces la banda había sufrido algunos cambios; el bajista, un tío tan guapo como una mentira al que llamaban *Perdón,* había disparado sobre el teclista y había sido internado en un manicomio. El hermano del bajista, un tipo feo como un demonio al que llamaban *Hoy,* se ocupó del bajo y una chica preciosa que tocaba el Hammond como Ray Manzarek, de los Doors, pasó a los teclados. La guitarra principal seguía siendo la del *Polaco,* un contundente guitarrista al que llamaban así porque era polaco. Había un nuevo guitarrista jodidamente bueno al que toda la banda llamaba *Gracias.* El batería seguía siendo el mismo de siempre. Un cubano de Nueva York llamado Sergio Rastrillo. El caso es que en el año noventa, *Dios sabe todo lo que sabemos de Él* era el único disco que ningún adolescente enseñaba a sus padres y el único disco que todos los adolescentes tenían. Sacaron cinco sencillos consecutivos directos al número uno y cuando el disco parecía haberlo dado todo alcanzaron un sexto número uno con un viejo tema de una vieja banda: *El tipo que traga sables se corta el intestino cuando baila el twist.*

Sigue con tu historia. Enfermedades, muertes, suerte, millones por casi nada en la televisión, culos, tetas, coños en la televisión, disparos en la cabeza en la televisión, vendedores de alfombras y de remedios contra la impotencia y cirujanos, qué gente tan extraña los cirujanos que se meten dentro de los demás y después salen como si nada y bancos, dinero, comisiones, intereses que crecen alrededor de una deuda como una ballena que crece alrededor de Jonás, sida, sobre todo sida, sigue con lo que estabas haciendo, sida, no te vayas a cortar ahora, si no estoy en casa empieza con los curas y después regálate debajo de las tapas de yogures. Big Bang, nuevas teorías acerca de la creación de la vieja mierda y Dios es parapléjico y bienaventurados los homosexuales y los yonquis porque ellos nos precederán en el reino de los cielos, olimpiadas, y campeonatos del mundo de fútbol y genocidios y epidemias, las siete plagas, los negros, habrá que ver qué hacemos con los negros y las mujeres, también habrá que ver qué hacemos con ellas y los enanos, no hay que olvidar a los enanos, y sobre todo no juzgues desde lejos porque a lo mejor el que parece un enano está de rodillas y a lo mejor está rezando, pero a lo mejor la está chupando, así que no te descuides y piensa que un cuello de hombre blanco ya casi no vale nada y joder, sé que no es culpa mía, pero tampoco era culpa suya antes, así que a correr, y culos blancos corriendo y filipinos crucificados con clavos de ferretería como un Moisés separando las aguas de una piscina y el papa a por uvas, carreteras, puentes, ingenieros de caminos, satélites de telecomunicaciones, todas las violaciones del planeta y algunas multinacionales y quemaduras de primer grado en el salón de su casa en menos de diez segundos y planes para algo definitivamente mejor que todavía no tiene nombre; seguir sin mí.

¿Qué recuerdas de las escaleras?

Que eran más grandes. La distancia entre los peldaños era mayor y la distancia entre lo más alto y el suelo también. Recuerdo escaleras más altas y puertas más grandes, distancias mayores y esfuerzos mayores. Más lejos, pero también más cerca. Más frío, sobre todo más frío. El dolor en las manos, las manos golpeadas por balones de cuero y sobre todo por verjas, palos, hierros. El frío y el dolor en las manos y un agujero en el pecho al correr. Saltábamos verjas, verjas enormes, teníamos miedo y frío. Saltábamos verjas y una de esas verjas oxidadas me hizo un agujero en la tripa, un agujero que sangraba. Recuerdo el frío y el sabor de la sangre, sangre de la nariz o de los dedos o de la tripa, pero sobre todo recuerdo escaleras grandes y el dolor del cuerpo al caer constantemente. La extraña sensación de tener cuerpo y la extraña sensación de tener miedo. También cortar el césped del jardín, limpiar la hierba que se atascaba en las cuchillas, pensar en cualquier otra cosa mientras tanto. Problemas con el tiempo. El tiempo que separa cortar el césped de volver a la calle. El tiempo que separa estar en la calle de volver a casa. El tiempo que separa unos días de otros, el tiempo durante los fines de semana y el tiempo durante un lunes. Diferentes medidas. Como una goma. Recuerdo medidas elásticas, distancias elásticas, esperas eternas y diversiones rápidas. También los coches y la idea de no tenerlos y las motos y la misma idea y las mujeres. Todas las ideas de nunca, y las ideas de espera.

Los relojes, la obsesión por los relojes, por tenerlos y mirarlos y la mierda de estar siempre debajo de alguno, la mierda de las horas decidiendo cosas, horas de hacer algo y horas de hacer lo contrario, horas infranqueables como un jodido muro de acero.

¿Qué más recuerdas de las escaleras?

Sólo eso; la altura, el dolor, el frío y las horas.

Como el chico rubio, cuando está cansado simplemente se para a ver cómo pasan los demás, incapaz de acompañarles en su esfuerzo y sin tener ni la más remota idea de adónde coño van. Así me sentía yo, como el chico rubio afilado como un cuchillo, tumbado en su cama viendo lo que se va y lo que podría venir con la misma indiferencia, incapaz de arrepentirse de nada. El chico que había cruzado Europa traficando con caballo, el mismo que se había metido globos de droga por el culo, estaba tan tranquilo que daba miedo y era para mí una señal. Sólo que no sabía qué quería decir. Lo único que me dijo referente a la muerte fue: Todas las mujeres magníficas, con sus tetas, sus culos y lo que sea que llevan dentro, nunca más serán para mí. Las veo y sólo puedo pensar: todas ésas nunca serán para mí. Para todos los que lucharon en alguna guerra habrá estrellas y para los demás no habrá nada. Qué es lo que te convierte en una leyenda, que tu nombre sea repetido por mil personas una sola vez o que una sola persona repita tu nombre mil veces. Para el chico rubio delgado como la sombra de la mala suerte habrá estrellas, para los otros no habrá nada. Cada vez que veo la muerte de cerca me siento como un extranjero.

¿Qué se puede hacer con una mujer que no se conoce? ¿Qué se puede hacer con una vida que no se tiene? ¿Cómo es que todo lo que dicen los médicos sobre idealizar y fracasar y tener miedo y acerca de soñar con cajas o murciélagos o serpientes no sirve de nada?

—¿Por qué no hablas de las mujeres que has conocido?

—Porque no me da la gana.

—Las mujeres no van a hacerte daño.

—Visto desde el barco nada parece muy peligroso, pero aquí en el agua todo está oscuro debajo de los pies y hay que ser muy bueno para no hundirse.

—¿Cuándo hablarás de mujeres de verdad, de sus tetas y sus coños, de follar con ellas y de metérsela por el culo?

—Supongo que esto es un tratamiento de choque.

—Quiero saber si eres capaz de acercarte a una mujer real.

—Quiere saber si se me pone dura.

—Eso también.

—Se me pone dura, y si eso es lo que le interesa le contaré que la meto por todos los agujeros y que le doy con ganas hasta que me corro. Normalmente mientras me corro siempre las llamo putas.

—En tus sueños, ¿la chica rubia te la chupa?

—En mis sueños Dios me la chupa.

—¿Cuándo vas a ser capaz de afrontar las cosas?

—Cuando dejen de disparar.

Cruzamos los Estados Unidos sentados sobre un vagón de metro amarillo, no tardamos ni media hora. Saludábamos a los niños con la mano. Nos habíamos comido tantas anfetaminas que nuestras cabezas llegaban a las estaciones mucho antes que nuestros cuerpos. Todos tenían historias de amor tristes que contar. Lou Reed viajaba con nosotros, pero no nos hacía mucho caso. Él tenía sus propias historias. Alguien dijo: «Deberíamos bebernos su sangre». El tren iba tan deprisa que no podías escuchar tu corazón agitándose como un taladro neumático. Lou Reed ni siquiera se despeinaba, pero nosotros habíamos perdido nuestros sombreros. Uno dijo: «Deberíamos joder con él». Lou Reed se había quedado dormido y soñaba uno de esos sueños extraños que se sueñan cuando estás dentro del sueño de otro. En su sueño el tren era aún más rápido y hacía ya tiempo que había salido de los Estados Unidos. Él viajaba solo encima de su vagón de metro amarillo. Iba tumbado sobre el vagón soñando con escapar de mi sueño. Decía: Tío, no dejaré que me toques. He escuchado lo que alguno de los tuyos quería hacer conmigo. Yo le decía: No tengo nada que ver con eso. Pero él se enfadaba aún más. Decía: Tío, éste es tu sueño, éste es tu jodido vagón de metro amarillo y estos caníbales colgados son tus amigos. Yo le decía: Si pudiera soñar lo que quiero, estaríamos tú y yo solos sentados en silencio como los niños que esperan ser amigos. Él decía: Eso está muy bien, tío, suena muy bonito, suena como si llevaras diez años sin echar un polvo, puede que seas un buen chico, pero si todos los buenos chicos me metieran en sus sueños sería como estar muerto. Preferiría que bebieseis mi sangre y me jodierais y acabaseis conmigo de una vez. Todos creéis conocerme bien, todos pensáis que sois especiales, pero al final todos queréis que cante *Walk on the Wild Side* con la boca llena de espaguetis. Mira, chico, mejor déjame comer tranquilo y luego dime cómo coño se sale de aquí.

Volé hasta Nueva York después de bombardear mi casa con anillos de plata, le arranqué una sonrisa a un policía que murió desangrado, le regalé una diana al tipo que no consiguió matar al papa, los abrazos de los míos me hacen sentir como un extraño, una vez soñé con Lou Reed, pero no puedo jurar que a él le gustase mucho estar en mi sueño.

¿Dónde te gustaría estar?

No se trata de dónde me gustaría estar. En realidad no quiero estar en ningún sitio. No quiero pensar en ningún tipo de desplazamiento. Creo que todo el asunto gira en torno a no dejar de ser lo que soy ahora.

¿Y qué eres ahora?

Nada. Una especie de cartucho rellenable. Pero noto que esto se acaba y me da miedo. Me siento como una serpiente que no quiere mudar la piel. No quiero tener a los padres de los cabezas rapadas bailando en mi cabeza en lugar de niños escapados de la televisión agitando sus linternas dentro de mi cabeza. No quiero perder de vista la escalera de incendios, no quiero dibujar jirafas que parezcan jirafas, no quiero estar hibernado cien años mientras alguien encuentra la vacuna.

En cualquier caso, ¿qué más da? ¿Por qué no fusilan a los que venden niñas muertas en los telediarios en vez de meterse conmigo?

No te preocupes, dentro de algunos años lo verás todo de otra manera.

Dentro de algunos años habrá otro que lo verá todo de otra manera por mí.

Toda la noche se convirtió en el traje del emperador. La chica preciosa que decía que nunca te dejaría ha encontrado otras macetas donde poner los pies. Hay algún tipo de alegría encerrada dentro de los coches, pero los coches pasan tan deprisa que sólo te quedan las luces rojas de los faros y eso no ilumina suficiente. Así que tienes el camino de vuelta a casa y el camino que marcan los perros que saben hacer trucos que ya nadie quiere ver.

¿Creías que iba a ser mejor?

Renegarás de todos los hombres que abraces esta noche pero no dejarás que alguna nueva desgracia te pille sola. ¿Recuerdas cuando sonreías todo el tiempo y no había un hacha capaz de cortarte la cabeza?

Todas las noches tienen cuerpo de mujer y cola de pez, pero al final sólo te acuerdas de las sirenas de los bomberos.

Después de verte las piernas hubiera jurado que corrías más deprisa.

Supongo que no sienta muy bien haber perdido el camino a casa y tener que seguir andando hasta mañana como una completa desconocida.

Podía haber sido mejor para todos.

Pero ya sabes cómo son las canciones.

El cuarto mide seis metros, así que puedo recorrerlo entero varias veces al día. Todo lo que un hombre necesita es viajar. No hay nada en los colegios que no se pueda aprender en un autobús camino de la costa. Por alguna extraña razón, los hombres muertos del ministerio han escogido prácticamente todos los libros equivocados. Te enseñan bailes que tus pies no pueden seguir. Piensan en cosas en las que no puedes pensar. Te dan regalos y no saben que todos los bolsillos de tu chaqueta tienen que estar vacíos. Persiguen a mujeres a las que no les ves ninguna gracia y tus chicas nunca valen gran cosa para ellos. Sólo estás realmente solo cuando no puedes oír lo que piensas. Hay un millón de mujeres en la calle y todas tienen alguna gracia. O prácticamente todas. Pero también quiero enamorarme, claro. Quiero abrazar mujeres tanto como quiero follármelas. Me gustaría querer abrazar a la misma mujer a la que quiero follar. Todo llegará. Déjame hacer mis planes. Los días tienen los bordes afilados como una lata de atún y el cielo cuelga de un gancho de carnicero. Nada de suerte para hoy. Así son los días en el cuarto. Cajas fuertes cerradas por dentro. Me siento francamente bien con mis sueños de cerveza. He aprendido a ordenar mis discos favoritos y sé cuándo falta alguno. Necesito un consejo tanto como necesito la sífilis. Puedo estar solo más tiempo del que nadie puede imaginar. La chica rubia no quiere que le hagan más daño. Cuando salga de aquí seré el único hombre para la chica rubia, y ella nunca comerá nada que yo no le dé, y yo nunca le daré veneno sin antídoto. Viviremos juntos, dormiremos juntos y nunca le abriremos la puerta a los extraños. En navidad organizaremos defensas antiaéreas para los regalos que no sean nuestros. No tendremos amigos y yo dispararé sobre sus enemigos y ella contra los míos indistintamente. Por las mañanas la dejaré dormir. Las cicatrices de nuestros golpes no durarán más de una semana. Para cuando las desgracias vengan a visitarnos ya nos habremos mudado. Lavaré los platos y beberé cerveza mientras espero a que vuelva del trabajo. Cuando me pregunte cómo me ha ido siempre le diré que todo ha ido bien y ella nunca sabrá cuándo miento. La chica rubia nunca tendrá que escalar la fachada porque yo siempre estaré en casa.

No tenía ni quince años pero ya había aprendido a correr en todas direcciones. Sus padres pensaban que sólo era un chico nervioso. Decían: Tarde o temprano se consumirá la mecha. A él no le gustaban los peines ni las escaleras, nunca cargaba pesos y siempre debía dinero. Se pasaba los fines de semana disparado con anfetaminas, tenías que estar muy atento si querías verle pasar. Sabía todo lo que se puede saber sobre esas drogas de maricas que vienen de las islas. A veces podía pasarte algo si estabas apurado. Llevaba una preciosa sonrisa pintada en la cara. En su cabeza se encendían llamas de todos los colores antes de que sus pies volvieran a tocar el suelo. Los lunes no podías contar con él para una partida de ajedrez, pero a quién coño le importa el ajedrez. Tenía una chica que no llegaba a los trece. Estaba muy desarrollada por todas partes pero podías tumbarla como a una niña. Eran la pareja más feliz de todo el barrio, no había ninguna canción que no supiesen bailar. Algunos pensaban que eran demasiado jóvenes para ese tipo de vida, pero otros pensábamos que todos somos demasiado jóvenes para cualquier tipo de vida.

Todo iba bien hasta que su chica empezó a salir con uno de esos tíos que tienen un coche que estuvo a punto de correr en Indianápolis. Él sabía que el tipo aquel era un mierda y yo sabía que era un mierda y todos sabían que era un mierda, pero al parecer ella no sabía que era un mierda. El resto de la historia ya no es muy divertido. Ella lloraba como una niña y él lloraba como un niño mientras el Hombre mierda lo manchaba todo como un hombre. Le vi algún tiempo después y aún parecía estar a punto de cumplir los quince, era un chico tan guapo que el tiempo se había olvidado de él.

Me dijo: Sé que algunos pensaban que yo no la cuidaba pero te juro por Dios que conmigo estaba segura.

Yo le dije: Eso ya lo sé, deberían vender pistolas sin licencia para que los niños que nunca cumplirán los veinte pudieran defenderse de los hombres que nunca tuvieron quince.

La estrella se folla a las niñas sin hacerles daño. También puede hacérselo con los niños pero la mayoría cree que perderá algo de lo que tiene si se deja dar por el culo. La polla de la estrella entra y sale sin cortar nada. No se atasca. No es una torpe polla de hombre. No va a marcharse sin besarte en la frente. No se parece a la mierda que conoces. Dile a las niñas que se mantengan alejadas de los hombres porque sus pollas ridículas cortan por los dos lados. Son pollas de venganza. Lo sé porque la mía también lo fue antes de que empezase a correr hacia atrás. Puede que durante todo este tiempo hayas estado buscando en el lugar equivocado. Hay montones de tierra por todo el parque. Cada vez que creías haber encontrado un tesoro has terminado con otro montón de huesos de muerto entre las manos. Pero no te preocupes. No eres una mala buscadora de tesoros, simplemente estás buscando en el sitio equivocado.

La estrella no miente, ellos te dirán: «La estrella miente», pero también te dirán «tú mientes» y «lo siento, chico, pero no sé de qué coño estás hablando» y «hay que hacer algo para acabar con esto» y «confía en mí porque yo estuve donde tú estás» y «conozco la salida». Pero tienes que recordar que la estrella no miente y ellos sí. La estrella nunca te joderá, a no ser que de verdad quieras que te jodan bien jodido, pero ellos te joderán a traición y como siempre, te joderán mal, porque no saben joder mejor y cuando despiertes jodida/ jodido y solo, mirarás hacia el cielo y te preguntarás: ¿dónde coño está la estrella?

Así que antes de que te la metan los enanos enemigos deberías saber que la estrella no puede hacer nada sin ti. En cualquier caso nadie espera que aciertes a la primera, sólo tienes que cuidarte de no tener un número de errores alarmante. Todos los niños buscan amor y acaban encontrando algo que no sé muy bien qué coño puede ser, algo que duele y ensucia y acaban pagando demasiado por ello. Nuestras carteras pequeñas están llenas de billetes pequeños. No dejes que te digan que es justo. Todos sabemos que es mala mercancía, terriblemente cara.

¿Qué están haciendo las cosas mientras tanto? Mientras a uno le dan una fiesta sorpresa y otro ha salido a tirar la basura y justo entonces se da cuenta de que no va a haber nadie más que él cuando vuelva a entrar en casa. Mientras un presidente se rasca la nuca y un curandero brasileño trata de sacarse algo que se le ha metido entre las uñas. Mientras un niño se hace la cama y sólo estira la manta encima de las sábanas arrugadas y una mujer dice en voz baja: «No sé cómo lo soporto», mientras pasa por debajo de un puente y alguien cree que ya va haciendo frío y otro se quita la chaqueta del pijama y le da la vuelta a la almohada buscando el lado fresco. ¿Qué narices andan haciendo las cosas? El azúcar, los tornillos, el agua de la cisterna del baño, las ruedas de los coches aparcados encima de la acera, una chaqueta de rayas, un paraguas, un trozo de pizza en la nevera, dos botones, un banco, un edificio de apartamentos en la playa, una tortuga ninja de plástico, por cierto, ¿por qué las tortugas ninja llevan antifaces?, ¿tienen otra vida?, ¿esperan que alguien deje de reconocerlas?, y volviendo al tema, qué están haciendo las correas del ventilador y el cemento, mientras alguien le dice a alguien que no quiere volver a verlo y una niña dice «PERRO» señalando a un león. Qué es lo que se está cayendo y qué es lo que se sujeta, por qué se sale el agua de la lavadora, qué se derrama, qué se acaba, por qué unas cosas pesan más que otras. ¿Hay algo más estúpido que un berbiquí? ¿Por qué se parten las tablas? ¿A quién le importa una excavadora y qué le importamos a un ascensor todos nosotros?

Santo como algunos poemas y como algunas canciones.

Santo como un loco o un idiota. Encerrado y solo.

En el cuarto como en las canciones sólo está lo que es obligatorio, todo lo que está es necesario. No se puede prescindir de ninguna de las partes porque sólo vale si está todo. Por alguna extraña razón recuerdo mis buenas jugadas con mucha más intensidad que mis malas jugadas. Algunos podrán decir que el fútbol no es tan importante, pero yo puedo decir que Dios no es tan importante y que nadie que sepa joder como es debido sabe qué coño es el producto interior bruto. Con respecto a esto todas las mujeres saben que los vagabundos joden mejor que los hombres de provecho. También conviene decir que no todas las mujeres joden tan maravillosamente como todas las mujeres se creen que joden, y que su gran palacio-tesoro-agujero del coño puede ser tan aburrido como un campeonato de petanca amañado y que de hecho muchas veces lo es. Las mujeres, como todas las razas circunstancialmente inferiores, han desarrollado un orgullo desmedido y algunas esconden sus coños en el bosque como si fueran cepos y se creen de verdad que cualquier animal de tres patas se va a dejar alguna entre sus dientes. Pocas mujeres saben que sus coños pueden resultar tan tristes como nuestras pollas y que a sus gloriosos cuerpos también les crecen pelos en el culo. En el cuarto, el santo y el asesino de santos se andan tropezando todo el día. Como las canciones acaban siempre devorando otras canciones o como el tipo entusiasmado de las siete cervezas acaba llamando imbécil al torpe ilusionado de las catorce cervezas.

Estábamos metidos en una habitación de hotel. Por lo menos había treinta personas allí dentro. Había cervezas, coca, maría y caballo. Era difícil que pudieses salir con la misma cara con la que habías entrado. En la radio sonaba Jimi Hendrix. Las ventanas de la habitación abarcaban la mitad de Los Ángeles. La habitación entera flotaba sobre la ciudad con todos nosotros dentro. No llevábamos lastre, todo el mundo volaba lo mejor que podía, éramos como aire caliente. Éramos la tripulación de una nave espacial rumbo al final del universo o algo parecido. John Belushi corría por encima de la cama. Gritaba: ¡Soy el jodido Hombre invisible! ¡Tengo una polla invisible! ¡Todas mis intenciones son invisibles!

Yo pasaba un rato demasiado arriba y el siguiente demasiado abajo, pero seguía intentándolo. John había conseguido finalmente ser el hombre invisible, al menos yo no podía verle. John Belushi era capaz de engordar en Auschwitz, era uno de esos que se la cascan en medio del terremoto de San Francisco, si es que hay otros.

No recuerdo qué pasó después. Supongo que cuando la nave aterrizó yo ya había sido desintegrado por una pistola de rayos.

Cuando oí por la radio que John Belushi había muerto, lo primero que hice fue pedirle al tío del bar que cambiase de emisora. Como cuando tu equipo cae derrotado en la retransmisión de una emisora y buscas otra con la esperanza de que en ésa el resultado sea mejor.

No podía comprender cómo habían dado con el hombre invisible. Detuvieron a la chica de John y la acusaron de homicidio en segundo grado, o en tercer grado, o en algún grado, no sé, el caso es que aquello no era más que una de esas mierdas que viajan despacio por la cabeza de los policías y los jueces. Hacía falta alguien como Belushi para acabar con Belushi y, definitivamente, no había nadie como él.

Muchos años después estaba metido en algo que parecía Florida, los coches estaban pintados del color del cielo y necesitabas unas gafas de soldador para mirar las camisas de la gente. Detrás de la barra del bar había un tren descarrilado y dos niños unidos por la espalda pedían dinero con una hucha para luchar contra una enfermedad del futuro. Mi madre hablaba con un pájaro amarillo y mi padre no acababa de entender qué hacía todo eso dentro de su garaje.

De Niro estaba justo a mi lado bebiendo cerveza. Los dos bebíamos cerveza y hablábamos de los viejos tiempos.

Me dijo: ¿Sabes?, nunca he sabido si John calculó mal o si somos todos nosotros los que hemos echado mal las cuentas.

Cuando se marchó De Niro me quedé pensando en Belushi y en esa habilidad que tenía para demoler todo lo que yo había mirado mal.

Bien, es importante que empieces a saber qué es lo que harán contigo cuando te atrapen. Te apedrearán cuando digas que sólo tratabas de encontrar un agujero donde meterte. Nadie aceptará tus excusas, dirán: Puede que hayas pasado los días tropezando con la tristeza, pero hemos seguido tus huellas y no nos gusta el sitio al que nos han llevado. Tú dirás: Sólo quería conocer a un niño que no confundiese a sus padres con un martillo. Te preguntarán por las peleas de gallos, y no les bastará con que digas que no te gusta la sangre, querrán ver tus canciones y después querrán enterrarte con ellas. Te apedrearán cuando les cuentes la historia de los dos chicos que echaban carreras y buscaban atajos y nunca volvieron a encontrarse. No quieren historias con finales abiertos. Es una de tus mejores historias, pero para ellos un lobo puede ser un perro y un perro puede no ser nada. Puede que las cosas funcionen así para ti, pero para ellos todas tus desgracias no son más que nueces en su ensalada. Tenías un trabajo, y tratabas de mantenerte despierto en casi todas las conversaciones, Dios sabe que lo intentabas, y Dios sabe lo poco que te interesan la mayoría de los planetas y todas las plantas exóticas que crecen en sus jardines. Cuando parecía que lo querías todo sólo buscabas algo para ti. Llegaste a perderte en uno de esos días de papel adhesivo. Desconfiaste de tu reloj y borraste todos los nombres de tu agenda. Te pusiste el bañador justo antes de que ellos dijeran: Enero. Dijiste: Lo siento sinceramente, he tenido una infancia extraña. Pero ellos te dijeron: No es nada personal, sólo estamos disparando contra todo lo que se mueve.

Cantaba canciones, no ganaba dinero, se acostaba con sus tijeras de podar. Subía la calle pensando en otra cosa, pedía café, no tenía gran cosa que decir.

Sus amigos la avisaron de todos los peligros pero se quedó sin guantes para atrapar lo bueno.

Encontró una casa pequeña y no pudo acomodar sus cien juegos de té. Los vecinos miraban por las ventanas y juraban no haber visto nada extraño. Sólo una chica más bonita de lo normal con una vida triste.

Caminaba descalza sobre bocinas y juraba vengarse, pero sus amenazas sonaban como grillos en una sartén. Le dijo a su hermana que podía manejarlo pero sus dos manos parecían diez manos cada vez que temblaba. Esperaba que todo mejorase rápidamente, pero le pedía a Dios un poco más de tiempo. Consiguió un trabajo en una zapatería. Podía ser desgraciada de un millón de maneras distintas. Un día pasé a recogerla justo después de las seis. Me dijo: Aún no he terminado. Mientras terminaba de recoger sus cosas.

Despertar en una casa extraña rodeado de desconocidos es lo más parecido a despertar la mañana siguiente de la bomba creyendo ser el único ser vivo de la Tierra. Después de algunos días de éstos, me sentí tan extranjero en la vida que llevaba como los mapas de los colegios de las películas francesas.

Una chica me dijo: No hay por qué tener miedo. Las cosas dulces y bonitas seguirán ahí cuando consigas despertarte.

Yo estaba despierto, así que imaginé que era ella la que estaba dormida.

Encontré una lata de cerveza medio llena y traté de salir de allí andando sobre los cadáveres. Había pelos por todo el suelo porque uno que dijo que era peluquero se había empeñado en cortarle el pelo a todo el mundo. Eso había sido al principio. Afortunadamente él y sus tijeras se derrumbaron antes de llegar a mi cabeza.

Caminé sobre los pelos como Jesucristo sobre las aguas y salí de la casa.

Cuando llegué a la calle lo primero que noté es que las cosas dulces y bonitas ya no estaban allí.

Los mapas de los colegios en las películas extranjeras me alejaban de los países, pero de alguna manera me acercaban a los niños, como si la ignorancia de diferentes geografías nos hiciera a todos iguales.

La idea de volver a trabajar está perdida en algún punto de mi cerebro, con casi todas las otras ideas de acción. Perdida como uno de esos convoyes de ayuda a Etiopía que nunca llegan a su destino.

Mis ganas de trabajar han caído en algún lugar del océano. No puedo imaginarme a mí mismo trabajando, igual que no puedo imaginarme matando. Por supuesto soy consciente de que el trabajo me está esperando y de que no puedo hacer nada para evitarlo, pero no soy capaz de pensar en él como una posibilidad real. Cuando era pequeño me negaba a aceptar que a lo largo de toda mi vida pudiera haber alguna inyección más. Me veía en el Guinnes de los récords como el hombre al que no volvieron a poner una inyección desde los ocho años. Ahora me veo como el hombre que nunca volvió a trabajar, justo al lado de la foto del bocadillo de atún más grande del mundo.

No me importaría tener un trabajo que sólo exigiera esfuerzo físico, una actividad mecánica sin ningún tipo de responsabilidad, un trabajo en el que nada tuviera que estar bien hecho, algo para lo que no hubiera que valer. Sin palmadas en la espalda ni reprimendas, sin ascensos ni recomendaciones.

Algo como lo que hacen los hámsters dentro de su jaula, dándole vueltas a la rueda de plástico. Algo que realmente no valiese para nada. Un trabajo que pudieses hacer mal, o incluso dejar de hacerlo, sin defraudar a nadie.

No hay muchos trabajos de ésos. Cualquier cosa por estúpida que parezca termina por ser fundamental para alguien. Incluso en las ferreterías todo el mundo parece estar muy preocupado. Los aviones se estrellan por un tornillo mal ajustado. La gente se muere por culpa de alimentos caducados. La semana pasada se derrumbó un cine y aplastó a diez personas después de que un inspector del ayuntamiento dijera que no parecía peligroso. No puedes tomarte nada a la ligera porque las cosas se inclinan, se tuercen y se caen.

No consigo entender por qué todo tiene que estar bien hecho, no me atrevo a salir de la cama y afrontar todos los días la tiranía de la perfección.

Recuerdas lo que no tienes que hacer de nuevo y estás preparado para afrontar algunos cambios y sabes que todo lo mejor vendrá con los cambios pero tienes miedo al cerrar la puerta porque ya habías aprendido a manejar las antiguas desgracias, suele pasar, no es nada extraño, un héroe sin miedo es un héroe muerto y morir ha dejado de tener gracia porque ya no es la canción que tú cantas sino una canción que cantan otros y que se lleva a los nuestros, Dios sabrá por qué. No hay ninguna justicia en esto. No tienes lo que te mereces, tienes lo que no consigues esquivar. Ahora recuerdo los días en que las cosas podían mejorar. Si algo he aprendido en estos años es que todo lo que no tenías a los quince será precisamente lo que más recuerdes de ahora en adelante. Así que no queda tiempo, tienes sólo cuatro o cinco años para ser un verdadero santo adolescente y toda una jodida vida para arrepentirte de no haberlo sido. En el cuarto todo se vuelve un asunto extraño con tu compañero de cama. Estás tan solo que no hay manera humana de estar absolutamente perdido. A veces es la parada de los monstruos y otras veces es el desfile de la victoria, pero siempre tienes más espectáculo del que puedes pagar. Mickey Mouse se pasea por tu calle con una recortada y sabes que no vas a recordar nada que no hayas tratado de recordar cien veces. Si eres capaz de fabricar algo fabrica espadas, porque todo lo que vas a echar de menos son espadas. Confía en los caballos y confía en las quinielas pero no confíes en un país que desayuna niños como tú y ten siempre en cuenta que todos los países, grandes o pequeños, desayunan niños como tú. Tampoco te conviertas en un completo imbécil porque las naciones saltan los escalones de diez en diez cuando caminan sobre imbéciles. Esta nación, la maldita España asesina de poetas y animales y todas las otras naciones. No tengas prisa por morir. Morir sin ayuda es casi una torpeza. El chico rubio morirá después de una vida larga para todos los que no malgasten la vida contando los días. El chico largo y rubio es mi hermano y vive más que yo, no importa los días que yo viva.

Hay que decir, en honor a la verdad, que mis padres eran buenas personas. Mi padre murió, el pobre. Nos compraba cómics, le gustaban los cómics.

Un padre que compra cómics no puede ser un mal tío. Mi madre también era buena mujer. Nos abrazaba a todos los hermanos. Cuando éramos pequeños, claro. Eso está bien, hay que abrazar mucho a los hijos si no quieres que terminen atracando gasolineras. Mi padre conducía bien, muy tranquilo. Mi madre no conducía tan bien, era demasiado nerviosa.

Había una canción de la Velvet Underground que decía: «Mis padres van a ser la muerte de todos nosotros». Claro que también había una canción de la Velvet que decía: «Ninguna nariz es una buena noticia».

Nico era una chica preciosa, pensé en casarme con ella dos o tres mil veces, aunque no creo que ella pensase nunca nada parecido. Escribí una canción que decía: «Si Nico durmiese conmigo los viernes, yo no pasaría los sábados disparando al aire».

He visto a un tío disparar dentro de un supermercado con una recortada. No era una gran película pero los disparos hacían buenos agujeros y las caídas eran buenas también. Había una chica. Una pelirroja que trabajaba de camarera. Casi todo el tiempo estaba el tío de la recortada disparando sobre todo lo que se movía, y sobre lo que no se movía; botes de tomate frito y cajas de espaguetis. Pero a ratos aparecía la chica y bueno, ella sabía que aquello no estaba bien, pero aun así le quería. Él era un tipo duro con la cara picada y ella era una de esas camareras de película. Cuando no estaba disparando, el tío iba a recogerla al bar. La subía en su coche y la llevaba a la playa. Ella sabía que no era un santo, pero también sabía que él nunca iba a apuntarla con la recortada. Así que lo pasaba bien. Se tumbaban en la arena. Entraban y salían del agua. Se daban besos y follaban. Ella era todo lo feliz que puede ser una preciosa camarera. Cuando al tío lo pillaron, ella se quedó a su lado. Había disparado a niños y mujeres. El jurado no podía ni mirarle a la cara. Dijeron que era un animal salvaje, pero ella siguió queriéndole después de que le frieran en la silla. Sabía que lo de la recortada no iba con ella.

No era una gran película, pero era un gran amor.

Cuando todo el mundo se está moviendo a tu alrededor, y todos parecen tener algo que hacer o decir y cada cual tiene su pequeño asunto entre manos, lo suficientemente interesante como para no despegar la cabeza de la mesa y tú no tienes nada y hasta los carniceros andan riéndose de ti porque no eres capaz de mantener afilados tus cuchillos y tu cabeza nunca está debajo del sombrero adecuado y ya es viernes pero no tienes demasiada prisa porque todo lo que te queda es tiempo por delante, ¿vendrán a contarte que es así como se supone que funciona?

Cuando muera el chico que sólo pasó dos veces por debajo de tu ventana, ¿dirá alguien que es justo?

He estado tantas veces delante de mi puerta que ya no estoy seguro de ser el único ocupante de mi cuarto. Por supuesto antes de llegar aquí las cosas habían sido normales de alguna manera y el trabajo había ocupado gran parte del tiempo y el día de cobrar era un día engañosamente feliz o a lo mejor lo único realmente feliz durante estos años.

Las mañanas de un niño de dieciséis años visitando manicomios. ¿QUIÉN COJONES ME VA A CON-

TAR QUE ERA NECESARIO? ¿Que él o yo nos lo me-
recíamos?

En mis canciones no habrá chicos solos, ni
pánico, ni mala suerte.

En mis canciones los chicos llevarán ases y
todo lo que pueda parecer estúpido, para nosotros
será importante. Salté a la ventana para derribar
aviones y les pedí autógrafos a todos los pilotos
enemigos. A mi mejor amigo le volvieron loco en
el ejército, pero ahora todos ellos están muertos
y él ha aprendido a desfilar solo. A tomar por el
culo los policías y sus manos de policía.

Van a seguir jodiéndote todas las noches y
luego dirán que sólo te han jodido la mitad del
día.

No les dejes mirar en tu maleta porque después de revolverlo todo no comprenderán nada.

En el camino hacia aquí he estado mirando con atención por la ventanilla del autobús. La gente que entra en una tienda y mira un rato y después se compra algo, comida o una lámpara o lo que sea y la gente que ha salido a pasear. He mirado bien sus caras pero no he podido adivinar qué es lo que llevaban dentro de sus cabezas como ellos no podrían nunca adivinar qué llevo yo en la mía a pesar de que todos llevamos las mismas cosas aproximadamente. Cuando ves un niño subido en un banco, se trata de saber si se caerá o no, o cuánto tiempo va a estar allí y qué es lo que hace, si pone los dedos de una mano como si fueran una pistola o si sólo está mirando a otros niños que meten las manos en una fuente y después se mojan la cara y entonces te preguntas si el agua de las fuentes estará limpia y decides que no, porque es la misma que entra y sale todo el tiempo y cuando has acabado con la fuente vuelves al primer niño, el del banco, y quieres saber cuánto tiempo va a seguir allí subido y la idea de esperar a que se baje resulta inquietante pero al mismo tiempo ineludible, por la misma razón por la cual nadie puede dejar de mirar dos gotas de agua cayendo por el cristal de una ventana hasta que una de las dos ha llegado al marco. Cuando venía en el autobús iba mirándolo todo y como no podía detenerme y esperar, imaginaba el final de cada acción. Me imaginaba lo que iba a comprar uno y por qué otro tenía prisa o no la tenía, y cada explicación inventada cedía ante el siguiente tipo y entonces venía otra, como las olas.

La idea fundamental es: ¿por qué hay que hacer siempre algo?

¿Por qué tiene uno que pasarse la vida yendo y viniendo?

¿Por qué no puedo quedarme quieto un momento sin tener que decidir de qué sabor quiero mi helado?

Un hombre arrancó el teléfono público de la pared y se lo tiró a su mujer a la cabeza. No le dio y hubo monedas para todos. Un chico se tomó todas las pastillas que había en casa y después se acordó de que tenía que recoger a su hermana pequeña del colegio. Cuando llegó la ambulancia, un niño de cinco años trataba de cortarle el pelo con unas tijeras de plástico mientras su hermana sujetaba un espejo. Un tío en la tele se pone un arado sobre la punta de la nariz, se hace llamar el equilibrista rural. Algunos de los nuevos muertos han decidido que a partir de ahora nuestro suelo es sólo nuestro, igual que antes decidieron que su suelo no era sólo suyo, así que la vieja canción vuelve a estar de moda y antes de que al blanco se le termine el bocadillo el negro debe empezar a dejar de pensar en el pan, pero los curas siguen atando manos a la espalda para que nadie se la toque y una asociación de vecinos está muy preocupada por la gente que aparca los coches en la acera.

Así que no hay que desesperar, puede que antes de que acabe el año den con la vacuna de la enfermedad que mata y ya sólo faltará la vacuna para la enfermedad que hace matar. Una chica dijo: Me enamoraré de cualquiera que no me haga daño, y un viejo con un solo ojo me contó al pasar cerca de un colegio que todos los libros de texto trataban de la fórmula mágica que consigue meter un océano dentro de un orinal. Para cuando terminó de explicarme el juego yo ya andaba buscando la manera de deshacerme de la baraja. Luego la chica dijo: Me enamoraré de cualquiera que me haga daño sin querer, y yo pensé en todas las cosas resbalando siempre en el mismo sentido y en si podía ser cierto que toda la culpa fuese de Newton.

Antes tenía amigos, me refiero a mucho antes, cuando era un niño. Ahora no sabría decir si eran los mejores amigos del mundo, pero estaban siempre alrededor. La primera gran pérdida de la vida adulta son los amigos. Puede que consigas un amigo con quien hablar, pero no vuelves a dar con uno que se deje abrazar. El período de tiempo que transcurre entre que pierdes los abrazos de tus amigos y encuentras los abrazos de las mujeres puede alargarse tanto que a veces parece eterno. Recuerdo a los amigos mientras imagino a las mujeres. Puedes tocar a mil mujeres sin llegar a agarrar ninguna, aunque siempre es mejor que no tocar nada de nada. Una mujer con sus tetas y su culo y su coño oscuro como uno de esos túneles del terror en los que te metías de niño, para sufrir antes de entrar y durante casi todo el trayecto y de los que salías con una estúpida sonrisa de satisfacción, como diciendo: Sabía desde el principio que podría con ello, una mujer, decía, es siempre una realidad de algún tipo. Una mujer nunca es nada. Como un tren nunca es nada. En cualquier caso uno a veces persigue ángeles y otras veces, media hora después, se saca la polla y se la machaca. No voy a escribirle un poema al coño de la chica de las páginas centrales, pero lo cierto es que tampoco me la ha puesto nunca dura ningún poema. También trataba de acordarme de eso en el cuarto.

El cerdo hijo de puta que eres, el que persigue culos con la polla fuera, como un contador Geiger, el que mentirá a la mujer que ames, también vive dentro. Acostúmbrate a él, Santo gilipollas, porque es el único que vuelve siempre a visitarte y a ése se la traen floja los abrazos.

No aparece nunca en las canciones, no sabe bailar, confunde la luna con un queso, nunca miente y volverá siempre a visitarte, no tiene madre y se la traen floja los abrazos.

Él era muy parecido a Cristo pero tenía una barba de gusanos y todo lo que decía parecían avisos. Te contaba algo sobre unos pequeños primos suyos que fueron a visitarle en medio de una gran nevada y parecía estar salvándote la vida. Era como un Cristo sin el apoyo necesario. Siempre me decía: Verás, amigo mío, ellos no sabrían qué hacer con un ahorcado que no creyese en la ley de la gravedad. Decía que a los chicos de los noventa ya no nos quería la muerte y que tendríamos que vivir para siempre. Decía, ves, nosotros ya no nos lo hacemos con el caballo, y tenía bastante razón, aunque todavía vi a algunos más pequeños jodiéndose con el caballo, pero lo cierto es que nosotros no nos lo hicimos nunca. Decía: Por alguna extraña razón nos toca seguir vivos, estamos en la puerta de uno de esos casinos en los que no se puede entrar sin corbata y definitivamente no llevamos corbata.

Al principio todo me sonaba extraño pero lo cierto es que no le faltaba razón. Cuando conseguí meterme entre la gente que me gustaba, vi que casi todos ellos estaban de una u otra manera enredados con el caballo, no hacía falta ser muy listo para verlo, y bueno, yo no tenía ninguna opinión al respecto y por supuesto no tenía ninguna intención de meterme allí en medio a tocarles los cojones a dos manos, pero lo cierto es que yo ya no podía entrar en esa historia. El hecho es que yo estaba allí. Y quería seguir con ellos y el hecho siguiente es que no me fue nada difícil porque a ellos no les molestaba yo. Y yo les adoraba pero de alguna manera estaba fuera del caballo y estar fuera del caballo es como no saber absolutamente nada del caballo. En cualquier caso sabía que el caballo era la droga, y por supuesto también la gran mierda. Mientras algunos de mis mejores amigos morían, no podía dejar de preguntarme si mi manera de morir sería mejor que la suya. Que yo estuviese fuera no quiere decir que no envidiase a muchos de los que estaban dentro, vivos o muertos.

Me preguntó qué coño hacía Jim Morrison para que su bicicleta volase. He estudiado a fondo la vida de algunas de mis estrellas del rock favoritas esperando encontrar en sus armarios algún zapato de mi número, y aunque es cierto que en las noches buenas todos los pies son un 42, no lo es menos que en las noches malas todos los pies corren lejos de tu casa y te quedas solo con esa cara de imbécil que aterriza sobre tus ilusiones cada vez que los invitados se van todos juntos demasiado pronto de la fiesta. A lo mejor tenía razón Bowie y no es más que un sueño ocasional, entonces no tendría que preocuparme ni tendría que seguir esforzándome, sólo tendría que tumbarme en la cama y soportar el peso de todo lo demás.

Si pudiera vivir dentro de una canción para siempre todas mis desgracias serían hermosas. Y eso le daría a las desgracias otro sentido. Igual que las desgracias de Billie Holiday consiguen ahuyentar las mías, mis desgracias pasarían a ser el quitanieves de la puerta de otro. ¡Qué bonito! Llegado a este punto es cuando siempre me pregunto qué coño hacía Jim Morrison para que su bicicleta volase. Supongo que en el fondo los kamikazes son los primeros en recibir aviones. Los que después de Lindberg y aquellos tres que se fueron a la luna seguimos dudando de que esas cosas realmente vuelen, estamos los últimos en la cola. Aunque para mí no es siempre así, me refiero a que pienso muchas veces que todos los incendios son hermosos.

La chica dice quiero saber cuándo deja de hacer daño. Todos hemos estado bebiendo y tomando centraminas. Es una fiesta en casa de alguien. La chica dice quiero saber cuándo deja de hacer daño. Está de muy mala hostia. Alguien le ha dicho que alguna vez deja de hacer daño, de verdad cree que deja de hacer daño.

Está convencida la muy hija de puta, dan ganas de arrancarle una oreja y metérsela por el culo. Todos tenemos una de estas noches de vez en cuando pero TODOS procuramos no vomitar encima de los demás.

Es como estar metido en una barca cerca de una gran catarata con un imbécil que se empeña en remar cada vez más deprisa. Afortunadamente alguien se sabe un chiste, lo ha contado seis veces pero no acaba de dar con el final correcto. Un buen chiste con un final equivocado suena como una de esas jodidas parábolas de Jesucristo, pero es sólo una mala noche. Los mismos elementos mezclados de manera distinta. ¿A quién le importa que me reviente la cabeza y a quién le importa que a nadie le importe? Supongo que esto es lo más cerca que he estado nunca de ser tonto.

Di unas palabras por los amigos que hemos perdido y después di unas palabras por los amigos que nos quedan. Estoy tan orgulloso de mis temblores como un actor de sus candidaturas al Oscar.

Vamos a beber por los buenos consejos y por el que nos dio una lengua, una polla y un agujero en el culo y después nos prohibió casi todos los movimientos originales y divertidos, y por el que nos dio una madre y un padre que nos querían, y por el que nos dio telescopios para que no pudiéramos ver lo que teníamos cerca, y por el que convenció al presentador del telediario de que nos volvieran a todos locos.

Lengua, polla y agujero del culo camino de la nada, qué jodido desperdicio.

Me dijo que lo que estaba haciendo no tenía demasiado sentido.

Dijo: Chico, tarde o temprano te darás cuenta de que no es la mejor forma de solucionar tus problemas.

¿Qué problemas? En serio que no sabía a qué coño se refería..

Tus problemas, sean los que sean, ésta no es manera de solucionarlos.

No tengo nada que solucionar.

Creo que nos lo estás poniendo a todos muy difícil.

Ya.

Si en algo son buenos es en fingir que les importa muchísimo lo que te pase, a veces te da pena estar jodido sólo por lo mal que se lo toman.

No creo que sea muy buena idea, me refiero a quedarte encerrado.

Siempre quieren que estés en otro sitio, no importa dónde estés, tienen verdadera obsesión por sacar y meter a la gente constantemente de sitios de los que no quieren salir y en sitios en los que no quieren entrar respectivamente.

Prométeme que lo vas a pensar.

Lo prometo.

Eso está bien, en realidad no te pasa nada que no le pase a todo el mundo.

Si hay algo que odio es que me digan que lo que me pasa a mí le pasa a todo el mundo, es como si todos acertáramos al mismo tiempo en la ruleta.

En cuanto al alcohol y las pastillas, creo que sería mejor que te lo tomases con calma.

Ya... perdona que te haga una pregunta...

Dime.

¿Has sido alguna vez una estrella de rock and roll?

No, me parece que no.

Bien, entonces será mejor que no me vengas jodiendo con tus historias. Si fuera por ti, Ziggy sería representante de estilográficas y nunca habría habido campos de frambuesas para siempre.

No sé de qué hablas.

Gracias a Dios.

Todo está mal desde el principio. Desde que empiezas a enredarte con ese juguete que tiene una tabla con un agujero en forma de estrella y otro en forma de cruz y luego otro que es como una media luna, y tienes esas piezas; la estrella, la cruz, la media luna, y las tienes que encajar en sus agujeros.

Ése es el principio del fin. Después es todo lo mismo; cosas que tienen que encajar en unos agujeros y cosas que tienen que entrar en otros y sobre todo cosas que por nada del mundo deben pensar en agujeros que no les corresponden. Todo esto nos lleva a un amigo mío al que le gustaba mucho que le dieran por el culo. Era un chico muy guapo y tenía éxito con las chicas y todo eso. Las chicas se volvían locas con él y a él le encantaban las chicas, pero luego tenía ese picor constante en el agujero del culo y le encantaba que le metieran pollas por el culo, cuanto más gordas mejor. Tenía un grupo de rock y eran buenos, fui con ellos a algunas fiestas en universidades y colegios mayores. Yo no sé tocar ningún instrumento, iba sólo a mirar. Me gustaba el tío este. Cantaba bien y era guapo. Tenía cara de pequeño demonio y desde luego era lo más parecido a una estrella que vivía en mi barrio. Me gustaba ir con él y a él le gustaba mi compañía. Una vez me preguntó si quería darle por el culo, pero no me animé. Él no me lo tuvo en cuenta.

Escribía sus propias canciones y tenía algunas muy buenas. La banda era bastante mala, pero no conseguían enterrarle. Mandamos maquetas con sus canciones a algunas casas de discos y al final, cinco o seis meses después, nos contestó un pequeño sello independiente. Así que le grabaron un disco y la cosa empezó a andar. Cambió de banda y consiguió a otros que tampoco eran gran cosa pero que al menos tocaban la misma canción todos a la vez. Yo iba a todos los conciertos. Me dejaban ir con ellos en la furgoneta.

Viajar con un grupo de rock es lo más divertido del mundo. Había chicas por todas partes y todas querían tirárselo. Él no les hacía demasiado caso. No le gustaba ese rollo de seis tíos follando juntos en una furgoneta con niñas de quince años, a mí tampoco. Si encontraba una que le gustase de verdad se la subía a su habitación. A veces se subía a un tío, por eso de que le gustaba tanto que le diesen por el culo.

Las cosas fueron cada vez mejor. Vendía muchos discos y tocaba por todo el país. Yo dejé de ir con él, y luego, al poco, dejé de verle. No por nada. Cada uno se giró para su lado de la cama.

Un par de años después fui a uno de sus conciertos. Le hizo muchísima ilusión verme, nos abrazamos y estuvimos bebiendo y hablando hasta el día siguiente. Ahora hace mucho tiempo que no le veo, pero creo que todo le va de maravilla. Tiene una novia guapísima que escribe poemas, poemas muy buenos además. Están pensando en tener hijos. Su último disco ha vendido más que todos los anteriores juntos. Es feliz y supongo que de cuando en cuando va a que alguien le dé por el culo.

Leí una entrevista que le hicieron en una revista. No sé qué le habían preguntado, alguna tontería, pero recuerdo que él decía: Verá usted, afortunadamente no todo lo que no es filete son patatas.

Sabes que algunas religiones tienen oraciones especiales para la muerte de los seres queridos, quisiera conocer alguna antes de que desaparezcas del todo. Me gustaría poder disparar contra tus fantasmas. Salta del tejado y aplasta mis flores, estaré contigo cada vez que te acerques a lo que eres, seas lo que seas.

Confío más en los disparos que en las salvas, en cualquier caso, todos vuestros ejércitos tendrán que cambiar el paso para desfilar en mi cuarto.

Hay un chico dentro de una cabina de teléfonos y es el chico más hermoso que jamás hayas visto. Te vio bebiendo solo y te vio hacértelo con hombres y mujeres. Te vio perdido en las noches de nunca más dejaré que me hagan daño. Te vio dando vueltas alrededor de tu propia sombra. Te vio con tu mejor ropa. El chico de la cabina ha estado mirando todo el tiempo y aunque sabe la verdad aceptará una mentira porque quiere ser tu amigo. El ruido de mi propia cabeza rebotando me resulta tan familiar que casi me asusto cuando dejo de oírlo. Tenía sólo dieciséis años, así que quién coño sabe lo que buscaba. No importa dónde estuviera porque siempre deseaba estar en otro sitio. Pero otra vez, borrasteis todas mis huellas. Puede que quisiera ser astronauta pero ya habían retirado las escaleras de las naves del espacio. Puede ser que a estas alturas ya estuviera roto, pero también es posible que reconociera todos mis pedazos. Cualquier clase de pánico que empiece en mi mente termina siendo pánico para mi ciudad, de la misma manera que todas las represiones de mi ciudad terminan acorralando mi cuarto. Paso la noche viendo boxeo en la televisión y bebiendo cerveza. Centraminas, vino, boxeo y cerveza, se acerca bastante a mi idea de una noche feliz. Todos los boxeadores viajan con todas mis bendiciones.

¿Por qué te interesa tanto el boxeo?

Porque los boxeadores no pueden dejar de ser honestos. Los demás sí.

¿Habrá boxeadores en tus canciones?

Sólo si los boxeadores quieren.

Cuando despertó miró debajo de la cama, tenía miedo de que algo de lo que había visto por la noche siguiera aún allí. Tenía toda la tristeza del mundo metida dentro del pijama, como uno de esos pescadores de los dibujos animados que se caen al agua y salen con mil peces dentro de las botas. Podía escuchar a cualquiera que hiciese ruido. Sabía que antes de que acabase el día se sentiría un Dios y un imbécil. Notaba que algo se iba desgastando dentro, lo notaba de verdad, como la pila de una linterna. La gente le hablaba de aeropuertos y lavadoras, pero él sólo podía pensar en huracanes.

Una chica le dijo que nunca llegaría a nada. Desperdició un pase de gol. Su madre pensó que él pensaba cosas que él no pensaba. Se sintió mejor cuando alguien le dejó solo. La gente dice que no es normal porque no consigue sonreír los lunes. Los lunes le decían: Esto es lo que hay, pero él se sentía como si estuviera metiendo los dedos en una picadora. Le hablaban de trenes y domingos y él sólo podía pensar en huracanes.

Estar bien es una especie de carga, estar bien significa estar dispuesto y ese estado te lleva inevitablemente a algún tipo de enfrentamiento. Es como extender dos brazos fuertes y sanos cuando a tu alrededor se están construyendo pirámides; es raro que no te caiga alguna piedra. Estar mal, en cambio, es estar tranquilo, tan tranquilo como una fortaleza quemada en mitad de una guerra. Alejado de todos los retos, de todas las obligaciones. Estar absolutamente borracho es estar absolutamente incapacitado para la acción y por lo tanto tan alejado como se puede estar de la responsabilidad o lo que es casi lo mismo, de la culpa. Momentos sagrados de paz absoluta, de esfuerzo cero. La mejor sensación viene cuando se detiene el esfuerzo. Si pudiéramos aislar esa sensación podríamos prescindir del esfuerzo. Sería algo así como una meta sin carrera. Estar bien significa estar preparado para lo peor, estar mal es permanecer quieto y tranquilo. Estar bien es julio y estar mal es septiembre.

¿Y ahora cómo te encuentras?

Bien, quiero decir, mal.

Mi hermano se encerraba con Ziggy y bueno, todos decían que estaba loco. Llenó su cuarto de tiempo perdido y nadie sabía lo despacio que pasaban los días en su cabeza. Todos le creían abandonado pero no estaba solo. Nadie lo sabía entonces pero sus patas se merecían un cepo mejor. Yo tampoco lo sabía entonces pero lo sé ahora. La banda de Ziggy nunca le hubiera dejado tirado, pero sólo son un montón de chicos mal peinados y no tuvieron ninguna oportunidad contra los viejos enemigos, el hombre libro y el hombre televisión y el hombre cordura y el monstruo colegio y el monstruo universidad y el monstruo futuro. La banda de Ziggy sólo se lo hacía en el cuarto. Ahora mi hermano cree en Dios y vive dentro de un manicomio. Ya no tiene cuarto y está solo. Los chicos no deberían perdonar a Dios, porque Dios no les va a perdonar a ellos. Si aún estuviéramos a tiempo taparía tus cicatrices con medallas y volverías a ser mi hermano.

No es una guerra divertida cuando todas las bajas son de nuestro bando. Te condenarán si quieres una polla en un culo o si todo lo que necesitas por ahora es caballo, te dirán que ésta es la tierra de las oportunidades, pero olvídate de hacer buenos tiempos en sus cronómetros. ¿Quién coño te sacó del cuarto? ¡Qué les den por el culo a sus manicomios y a sus médicos! La banda de Ziggy nunca te hubiera dejado solo. Si el problema es tu cabeza, esconderé tu cabeza donde nadie pueda encontrarla. Te devolveré todas tus canciones y volverás a ser mi hermano.

Nadie entiende por qué no lo consigues, pero yo sé que es un asunto demasiado grande para un niño tan pequeño.

¿Quién coño te sacó del cuarto? ¿Quién te enseñó a suicidarte? Dale la vuelta a la pistola y volveré a ser tu hermano.

Cuenta todos tus pasos de vuelta al cuarto y volveré a ser tu hermano.

Somos la banda de Ziggy y nunca te dejaremos solo.

Por fin soñé con la chica rubia. Llevaba un vestido corto y sandalias blancas. Podía ver los dedos de sus pies saliendo de las sandalias como una avanzadilla de su cuerpo. Me dijo: El ruido de todas las ciudades del mundo no puede tapar el sonido de mis tacones, y yo no supe qué coño contestar a eso. Metió la mano en un pequeño bolso y la tuvo allí tanto tiempo que pensé que el bolso se la había comido, cuando la sacó llevaba un anillo de boda que antes no tenía. Como pasa a veces en los sueños, de pronto la calle era una mesa de billar y después era el río Ganges y luego apareció un perro enorme con dragones en los ojos, durante un rato los canarios predicaron una nueva religión que sostenía que el fin del mundo había sido el jueves pasado y un mago sacó un as de su sombrero y después trató de ligar un póquer con un conejo. Ella dijo algo sobre una amiga suya que se llamaba Irene y que nunca había tenido suerte, pero cuando todo lo demás desapareció el anillo seguía allí y nadie pudo jurar que yo no se lo hubiera puesto.

¿Has oído la misma canción quince o veinte veces seguidas? *Femme fatale,* por ejemplo. ¿Has oído a Nico cantar *Femme fatale* veinte veces seguidas?, o cualquier otra. Da lo mismo. ¿Has oído *Space Odity* cien veces? ¿Has perdido alguna vez el hilo, como si te quedases colgado de alguna pregunta en medio de un programa de televisión? Las cámaras encima de tu cara y el público del estudio mirando y cada uno en su casa esperando la respuesta, pero tú ya no estás allí, estás colgado en otro sitio. Atascado con alguna canción. Estás escuchando cada palabra de la canción y te parece que no hay mucho más después. Como si le estuvieras leyendo las intenciones al cartero. Antes de que pare la moto ya sabes que trae una carta para ti y antes de que la meta en el buzón ya sabes lo que dice la carta. Estás colgado de una canción y te crees que lo puedes adivinar todo a distancia. Por un segundo parece que lo sabes todo, te sientes jodidamente bien, es la misma canción una y otra vez, puedes sentir lo mismo diez o doce veces, tienes todas las sensaciones controladas como en uno de esos laboratorios en los que aíslan algún virus, tienes alguna sensación acorralada, a algo que puedes reconocer y que ya no se mueve. Y viene de una canción. Una canción repetida cien veces ilumina tanto como una de esas bengalas que utilizan en la guerra para disparar sobre los enemigos.

Una sola canción como una sola bengala puede hacer que todos disparen al mismo tiempo en cien direcciones distintas.

¿Has oído *Starting Over* cien veces seguidas?

¿Sabes de qué coño estoy hablando?

Estaba perdido en Central Park, sabía que era un sueño porque yo nunca había estado allí. Un par de años después estuve en Nueva York y me acordé de este sueño, de hecho todo el tiempo que pasé en Nueva York fue como recordar este sueño y, bueno, supongo que no se puede decir nada mejor de una ciudad.

El caso es que estaba en Central Park antes de haber estado allí nunca y de pronto aparecía Lennon. Nada más verle pensé: bueno, definitivamente esto es un sueño, porque este tío está muerto, pero como me encantaba eso de encontrarme con Lennon en el parque decidí seguir como si no me diese cuenta.

—¿Qué tal te va, chico?

—Coño, usted es Lennon.

—Eso ya lo sé, te preguntaba qué tal te va.

—Bien, supongo. Pero usted está muerto.

—Ya lo sé, aunque a decir verdad no me gusta demasiado que me lo recuerden.

—Ya me lo imagino. Supongo que debe de ser una putada, me refiero a eso de que te maten de una manera tan idiota.

—Sí que es jodido, pero son cosas que pasan, me siento un poco como Jesse James, asesinado por un miserable que quería alcanzar la gloria de un asesino de niños.

—Bueno, al menos seguirás viviendo aquí, en los sueños de todos los adolescentes.

—Eso suena muy bonito, suena como si llevases diez años sin echar un polvo.

—Es curioso, hace poco soñé con Lou Reed y me dijo lo mismo.

—Ya, me imagino que lo habrías metido en algún vagón de metro.

—Sí, en realidad viajaba encima de un vagón de metro amarillo.

—Supongo que también te pidió que lo sacases de tus sueños lo antes posible.

—La verdad es que sí.

—Bueno, chico, resulta un poco violento, pero lo cierto es que me gustaría pedirte lo mismo.

Después de que Lennon se fuese me quedé un buen rato en el parque, dando vueltas y pensando en mis cosas. La verdad es que aunque parezca un poco idiota me gusta soñar con estrellas de rock and roll y ni siquiera les tengo en cuenta la prisa que tienen todos por largarse de mis sueños.

Yo no había visto demasiado al chico que vivía rodeado de gatos. Era sobre todo el amigo de un buen amigo común y sin embargo siempre hablaba de él en mis cartas.

Estuvimos juntos cuatro o cinco veces pero yo no sabía entonces lo cerca que iba a estar siempre. Antes de que fuera a verle, se había ido a vivir al norte, y yo no había pasado por allí en los últimos diez años, antes de que subiera hasta donde estaba, porque lo cierto es que subí y subí por él, pero antes de eso, mi amigo, el primero de los amigos que tuve, subió hasta allí y pasó un par de días con él. Mi amigo tenía un precioso Pontiac, un coche bastante raro en España y a él le gustó tanto que cuando nuestro amigo común se volvía quiso hacerse unos cuantos kilómetros en el coche. Él le decía: Ven conmigo a la ciudad y verás al chico que habla de ti, al chico que quiere ser tu amigo, pero el chico de los gatos no acababa de decidirse. Le decía: Sólo quiero estar en tu coche un poco más, es un coche bonito, quiero ver qué tal se viaja en él, puede que algún día vaya a visitaros.

El chico que vivía con los gatos se bajó treinta kilómetros después de dejar su casa. Dijo: Creo que volveré andando. Y se marchó.

Puede que el chico que dormía entre gatos nunca supiese qué coño estaba haciendo, pero los gatos sabían con quién estaban durmiendo.

Las cosas pueden viajar de las estrellas al suelo a una velocidad de vértigo. Entonces hay que ser David Bowie para no abandonar, porque todas las canciones que cantas en voz alta se quedan solas en el aire, como el reflejo está más solo que tú mismo, porque no sabe quién coño lo ha puesto ahí, ni qué es lo que se espera de él. El reflejo siempre tiene miedo de defraudarte y por eso te mira con esa cara, el pobre. Éste sería el mejor de los mundos si uno no tuviera agujero del culo. Pero el agujero del culo está ahí y todos los poetas del mundo no han conseguido inventar un agujero más feroz, así que mientras metemos la cabeza en los agujeros de los poetas el culo se queda fuera.

Sinceramente, hay días en los que puedes con él y hay días en los que no. Y en medio de este delicado equilibrio está el amor y el amor es a su vez un asunto de agujeros y, bueno, unos están en el alma pero otros no y todos necesitan ser rellenados, y si alguna vez das con una mujer, Dios te libre de olvidarte de algún agujero. Así que al final todo es cuestión de agujeros y la vida se escapa por agujeros en los que no quieres entrar y vuelve en agujeros de los que no quieres salir. A veces todo son estrellas y a veces todo son agujeros. Los ojos del espejo apenas aguantan la mirada y eso te lleva a Celine, después, cuando estás lejos del espejo, puedes volver tranquilamente a Dylan.

Llevaba todas sus desgracias cosidas en el bajo de la falda, por eso sólo bailaba de noche. Estaba casada cuando la conocí. Una de esas cosas que pasan, según me dijo. No le gustaba la lluvia ni los días soleados, a decir verdad no le gustaba nada. Estaba sentada en la barra y el tiempo corría igual para todos aunque parecía tenerle especial apego a sus tobillos. Le pregunté si era a mí a quien estaba esperando. Dijo: «Veamos lo que sabes hacer». Y: «Más vale que no sea una falsa alarma». Al tercer día me preguntó si notaba cómo los días se estaban ensañando con ella. Le dije que no. Era mentira, pero no te pones a agitar el agua cuando uno ya está hundido hasta el cuello. Dijo: «Alguien allí arriba la tiene tomada conmigo». Y: «Dios sabe que he hecho lo que he podido». También dijo: «Puede que tú seas mi alma gemela». Y: «Las mujeres deberíamos llevar cronómetros en lugar de relojes».

No sé qué hacen los demás con sus vidas, me pregunto cómo consiguen esquivar el peso. Dicen que todo lo que sube baja y dicen que todo puede reemplazarse y en general dicen todo tipo de tonterías. Nos sentábamos en la cama mirando la te-

143

levisión. Ella decía: «Cariño, cuando todo lo mío se derrumbe algún pedazo acabará dándote a ti». He oído cosas en todas las ciudades en las que he estado. Historias de mujeres solas y de hombres que disparaban contra sus hijos. Una vez vi la foto de un tío que había ganado quinientos millones con un billete de lotería. Sé que algunos países andan cambiando de presidente mientras otros aún no han terminado de enterrar a sus muertos, pero tengo que reconocer que me sentí como un imbécil cuando me preguntó si no llevaba nunca sombrero. Me dijo: «Podemos conducir tan deprisa que ni las penas ni los días puedan seguirnos, pero nos los encontraremos todos juntos en la segunda vuelta». Me marché de allí una semana después. Simplemente cogí mis cosas y me largué. Uno puede oír todo tipo de cosas en todo tipo de ciudades. Puedes sentir todo tipo de sensaciones en todo tipo de habitaciones. Supongo que son agujeros que no están marcados en los mapas.

Me sentí mejor durante un tiempo. Trataba de moverme deprisa y de no pensar demasiado. Bajé de un tren y pregunté por un hotel, como en una canción. Puse la televisión nada más entrar en mi cuarto y me senté en la cama. Algunos dicen que nunca puedes correr tan deprisa, pero cuando veo la televisión me siento lo suficientemente lejos de sus desgracias. No pretendo ser el que baila claqué en el cementerio pero me siento mejor que los que sacan dinero de las niñas muertas. Le pregunté a una adivina si algunos iríamos a un sitio distinto cuando llegase el momento, pero no supo contestar. No era una gran adivina. Cuando ya me iba, me dijo: «Cada uno pagará por las mujeres que ha dejado solas». No le hice mucho caso en el momento, pero luego pensé en todos los días que habían caído sobre ella durante este tiempo.

Antes de dormirme, mientras alguien agarraba lo suyo y alguien perdía lo suyo por todas partes, pensé en algo que ella me había dicho: «No todos cumplimos años el mismo día, pero todos tenemos días malos».

No tengo por qué escuchar a todo el mundo. Puedo decir, sencillamente: QUE TE DEN POR EL CULO. Cuando estoy arriba desayuno serpientes, salgo a la calle con mis pantalones más estrechos y bailo algo gracioso. Noto cómo las miradas de las mujeres y los hombres me persiguen y me siento bien. Es así de fácil. Todo funciona. Como si te hubieras comprado un televisor sin manual de instrucciones. Llevas un millón de años tocando todos los botones y un día empieza a funcionar, sintonizas los mejores canales, por fin tienes lo que querías ver y es mejor aún de lo que imaginabas. Alguien dice, habría que hacer algo con él, pero sabes que no podrán cogerte. Ellos siguen en casa y tú estás bailando en la calle. El mundo se derrumba y el papa se la toca pero a ti no te importa. Tú estás bailando en la calle. Todos los caminos están envenenados y han puesto un abismo detrás de cada puerta, pero no podrán dar contigo mientras sigas bailando en la calle.

Puede que parezca SE ACABÓ pero sólo son los primeros pasos, puede que parezca NUNCA MÁS pero es PARA SIEMPRE, puede que no tenga muy buena cara pero también puede ser que éste no sea el espejo que andaba buscando.

Tenía una mujer, vivía en un barrio pequeño, tenía un sueldo pequeño, una casa pequeña y una pequeña desgracia, estuve con ella muy poco tiempo y no le di casi nada. Pero a pesar de las apariencias era una gran mujer.

Odio cuando todo se termina y tienes que tragarte toda esa arrogancia como si fueran clavos. Cuando el dinero se termina y tienes que volver a pedir favores.

Odio cuando el grupo deja de tocar y tienes que pensar en lo que harás el resto de tu vida.

El tío llegó cuando me lo estaba pasando bien. Era un hotel maravilloso y aunque por aquella época estaba vendiendo muchos discos todavía me acordaba de los hoteles en los que dormíamos cuando vendía pocos discos, y no es que fueran horribles pero éstos eran bastante mejores, así que estaba feliz con mi hotel y mis cervezas. Entonces llegó este tío y nada más verlo supe que era el clásico mierda de «No voy a dejar que te rías de mí, puede que seas una estrella, puede que les vendas la burra a todos los imbéciles adolescentes del país, pero yo voy a dejarte en ridículo, voy a darte por el culo». Podía ver todo eso según entraba por la puerta. La mayoría de ellos son como el tío que disparó contra Lennon, no han hecho nada en su puta vida pero quieren subirse en tu tumba a ver qué tal se les ve desde allí.

Quería hacerme unas preguntas.

—Bien, puedes empezar cuando quieras, aunque a lo mejor prefieres esperar a que te dé la espalda.

—No entiendo.

—Da igual, empieza.

—¿Siempre está borracho?

148

—Nadie que esté borracho reconoce que está borracho, así que mejor vamos con la siguiente pregunta.

—¿Cree que le está dando un buen ejemplo a la juventud?

—¿Y cree usted que ellos me lo están dando a mí? Verá usted, yo no soy uno que predica, soy más bien uno que reza.

—¿Se cree usted mejor que casi todos los demás?

—Amigo mío, la única diferencia entre usted y yo es que usted está aquí haciéndome una entrevista y yo no le entrevistaría a usted nunca.

—¿Cree sinceramente que podrá seguir riéndose de todo, todo el tiempo?

—Creo que podré seguir riendo hasta mañana, si consigues que el amanecer te pille riendo estás a medio camino de lo que sea que Dios nos tiene preparado.

—Espero que no le moleste, pero me esperaba algo más de usted.

—Bueno, supongo que le alegrará saber que usted se ajusta exactamente a lo que yo me esperaba de usted.

—Debe de ser estupendo ser una estrella y poder humillar a cualquiera que no sea tan grande, debe de ser algo magnífico humillar a alguien como yo.

—No lo sabes bien, amigo, es como ponerse contra el paredón y seguir bailando después de que te hayan fusilado.

El chico dice: Hoy he visto algo distinto moviéndose. Ha estado toda la noche moviéndose. No era lo de siempre, no era sólo miedo, era algo más pequeño, algo bueno que ha estado moviéndose durante toda la noche.

Sabes lo largas que son las noches para los chicos que están asustados todo el tiempo. Mi padre estaría más orgulloso de mí si pudiera enfrentarme con esto sin tener que pedir ayuda.

A nadie le parece que sea tan difícil. Quiero decir que no es como una guerra. No tienes un arma, no tienes que disparar contra nadie y no parece que alguien te vaya a disparar, así que al final se supone que eres un jodido cobarde o que te estás volviendo loco de alguna de las mil maneras posibles.

¿Qué coño hay en tu cabeza?

No lo sé, creo que estoy cayendo todo el tiempo. Sé que nadie me exige nada demasiado difícil, sé que todos hacen lo que pueden. Recibo llamadas y visitas.

¿Estás bien?

No, tengo la sensación de que las cosas más pequeñas están pujando con demasiada fuerza.

Creo que son las cosas más pequeñas las que pueden tumbarme.

¿Sientes siempre lo mismo?

No, estoy subiendo y bajando, deberías verme en uno de los días buenos: no escribo cartas, sólo oigo canciones.

¿Cómo estás ahora?

Bien, cuando miro mi álbum de fotos tengo la sensación de haber sido mejor antes, pero aparte de eso me siento bien.

Estaba apoyada en un coche delante del bar. Había chicos que no conocía y otros chicos con los que ya había andado. Sabía que no traían nada bueno. Los chicos de fuera siempre parecen mejores, como las fotos de los paisajes extranjeros. No quería pasarse la vida intentándolo. Quería conseguirlo de una vez. Estuvo un tiempo liada con un hombre casado. Le dio de todo lo que un hombre puede esperar de una chica, pero el tío nunca la trató bien. Por supuesto él se creía una especie de Cary Grant, pero a ella le recordaba más al Correcaminos. Era una chica nerviosa, decía que sólo le gustaban las canciones tristes y cada vez que pasaba la noche fuera traía cicatrices en el vestido. Decía que podía suicidarse cualquier día de la semana menos el viernes. Los viernes le gustaba salir a dar una vuelta.

Su hermana se casó con un dentista y su madre le prendió fuego a la casa. Los vecinos decían que no era una familia normal desde que su padre se puso a disparar con un arco contra un cobrador de la luz. Su mejor amiga se enganchó al caballo y su hermano pequeño se fue al ejército. Ella siempre decía que hubiese podido manejarse con sólo cuatro o cinco desgracias. Tenía unos zapatos rojos que sólo le traían problemas. Cambiaba de nombre todas las semanas. Los chicos que lo hacían con ella se quejaban de que no se lo tomaba en serio, no es que no fuera buena, es que no parecía volverse loca con aquello. A ella no le importaba demasiado lo que pensaran, tenía sus propios asuntos en la cabeza. Algunos le preguntaban qué coño estaba esperando y ella siempre decía: Soy como las minas, sólo sirvo para destrozar a un buen soldado una sola vez.

Puedo morir congelado aquí dentro y abrasado aquí dentro y completamente solo aquí dentro y en general puedo morir de cualquiera de las maneras, igual dentro que fuera. La única diferencia es que dentro me reconozco o al menos puedo perseguir algo concreto mientras que fuera podría estar un mes o un año sin darme cuenta de que me habían disparado o de que la pistola se había disparado, sencillamente, sin que nadie tenga la culpa.

Creo sinceramente que mi tamaño no varía si no tengo cerca otros tamaños con los que comparar. Estar solo es una manera de cercarme.

¿Cuánto puede llevarte, esto de tomarte las medidas?

No lo sé, depende de lo largo que sea.

¿Qué pensaste la primera vez que viniste aquí?

Que era un sitio demasiado grande para encerrar a la gente.

Nunca te hemos encerrado.

Ya lo sé, es algo que pensé al entrar, nada más. También pensé que mis discos podían llenar esto de agujeros.

Trajeron a casa una niña pequeña, más pequeña que yo y yo debía de tener catorce años, ella no tenía más de doce. Era una niña fea, vista desde lejos, pero cuando te acercabas tenía algo extraño que te atraía como un pozo a una moneda. Ella no sabía qué coño estaba haciendo allí. Al parecer llevaba más de dos años sin decir nada, no era muda y no era tonta, no tenía ningún defecto físico, era sólo una extraña niña asustada. Según decían escribía cartas todo el tiempo. Escribía cartas larguísimas y después se olvidaba de poner el nombre del destinatario en el sobre, tampoco ponía dirección, ni nada, sólo escribía aquellas larguísimas cartas y las metía en los buzones con los sobres en blanco. A mi hermana le parecía que estaba un poco loca, mi hermana era psicóloga y la niña era cosa suya, quiero decir que ella la había traído. A mi hermana también le parecía que mi hermano estaba loco y también le parecía que yo estaba loco, a mi hermana le parecía que todo el mundo estaba loco.

El caso es que la niña pasó una tarde en casa y lo cierto es que intenté que me contase algo de lo que escribía en esas cartas, pero no le saqué ni una palabra. Era una niña bonita de alguna manera, no de la manera en que las niñas suelen ser bonitas sino de otra manera. Puede que mi hermana pensase que estaba loca, pero estoy seguro de que ella tampoco hablaba muy bien de mi hermana en sus cartas.

No volví a saber nada de ella, pero la verdad es que hubiera dado un brazo por recibir una de esas cartas que le mandaba a nadie.

Yo quería ser jugador de fútbol y domador de leones y piloto y todas esas cosas que quieren ser los niños.

¿Piloto de qué?

Piloto de lo que sea, ¡cojones!, piloto de lanchas rápidas o de bombarderos.

¿Qué te separó de tu sueño?

Dios, el presidente de los Estados Unidos, la KGB, qué va a ser, todo lo demás.

¿Qué es todo lo demás?

Por un lado está lo que uno quiere y por otro lado está todo lo demás, y cuando digo todo me refiero a todo.

¿Y ahora qué quieres ser?

Jugador de fútbol, domador de leones, piloto...

Pensé que tus sueños se habrían adaptado a las circunstancias a estas alturas.

Los sueños que se adaptan a las circunstancias no son sueños, se llaman anuncios y los utilizan para fastidiarte las películas.

¿Qué sabes de tu hermano?

Que no está mejor que yo, su búnker siempre ha sido peor que el mío, tiene al enemigo dentro. En la misma guerra no todos mueren al mismo tiempo.

Estaba solo, bebía cerveza y miraba la televisión. Había hablado con ellos y, como siempre, ellos tenían su propia teoría y claro está, yo tenía la mía. Y la mía era que no quería tener que responder a más preguntas acerca de cosas que yo ya sabía y que no quería recordar. Me preguntó si seguía con las anfetaminas y yo le dije que no porque me pareció que era lo que quería oír. Dijo: Eso está bien. Después me pidió que me quitase las gafas de sol para ver si tenía las pupilas dilatadas pero no lo hice, la noche anterior había estado tomando centraminas y no había dormido nada, así que pensé que si me veía en ese estado volvería con las preguntas y no me apetecía una mierda volver con eso. Así que no me las quité y él no insistió.

Después estaba otra vez solo, bebiendo cerveza y viendo *Invasión en Birmania* de Fuller. Es una película cojonuda. Los soldados avanzan y avanzan y siempre les cuentan que van a llegar refuerzos y que les van a reemplazar, pero el caso es que los refuerzos no llegan y los tíos siguen avanzando hasta que están casi muertos de cansancio y otros muchos muertos de verdad, claro, y los refuerzos nunca llegan, así que ellos solos se ventilan toda Birmania.

Al final sale un desfile y todos, hasta los que ya se habían muerto, saludan mirando a la cámara. Me subí a la cama y desfilé un rato con ellos. Luego me harté, eran varios miles y no terminaban nunca.

Después me quedé dormido un rato y cuando desperté vi en el telediario a una pobre señora que había intentado robar un banco con una botella de gasolina y un mechero y que había acabado ardiendo mientras trataba de asustar al director de la sucursal. Probablemente una botella de gasolina y un mechero sean la peor manera de atracar un banco. Me pregunto en qué película lo habría visto.

Sentado encima de mi cama, viendo la televisión, cambiando de canal de un programa debate a un partido de baloncesto y de ahí a la lucha libre, me di cuenta de que parte de mi antiguo ejército ya me había abandonado. Normalmente son los soldados más entusiastas los que se van primero. No era una deserción en masa, nada espectacular, era más bien como una fuga en el depósito de aceite de un coche, como esa oscuridad tibia que empieza a abandonar la noche antes de que puedas ver luz por ninguna parte.

Supongo que no se pueden cerrar las puertas con llave y que en realidad se trataba desde el principio de tapiar las salidas más que de bloquear las entradas. De vigilar más los desagües que los grifos.

Un día el coche de mi hermano se salió de la carretera y después de chocar contra una fuente cayó de lado y se restregó contra el cemento doscientos o trescientos metros antes de detenerse contra un semáforo. Mi hermano perdió una oreja. Así que salí del cuarto y cogí un autobús para Sevilla, era la primera vez que iba a Sevilla y resultó ser una ciudad bien bonita con esa absurda agitación de la exposición universal. Gente por todas partes, fiestas por todas partes y mi hermano sin oreja. Pasé unos cuantos días en el hospital. Tenía el lugar donde había estado la oreja tapado con una venda y, aunque al principio toda la cara se había hinchado, al poco tiempo la falta de una oreja era su único problema. De alguna manera había salido del cuarto para buscar la oreja de mi hermano o para encontrarme con un hermano sin oreja. Veíamos partidos de fútbol y hablábamos del calor. Por las noches me metía en el país del futuro que estaba al otro lado del río y me disolvía entre los millones de personas de todas partes del mundo que visitaban la expo. Era algo extraño. Edificios inmensos y naves del espacio y ríos y lagos y todo tipo de inventos del futuro. Un millón de personas, mi hermano y una oreja que ya no íbamos a encontrar. Un millón de tíos, dos millones de orejas y una de las cuatro orejas que yo más quería desaparecida para siempre. Éste es un mundo jodidamente extraño.

¿Qué veías?

Nada, no veía nada. Estaba bastante borracho, absolutamente borracho. Había empezado con cerveza y debí quedarme ahí porque la cerveza es algo que siempre puedes controlar, después empecé a mezclar cerveza y whisky y durante un buen rato me sentí francamente bien, luego llegó el tequila y la verdad es que para mí el tequila es la muerte. Esos vasos cortos bebidos de un trago te rompen completamente el equilibrio. Tres o cuatro de ésos en medio de una borrachera de whisky y cerveza son como pegarle con un martillo a una Torre Eiffel construida con palillos. Así que no veía nada, estaba liquidado, trataba de ponerme de pie pero no lo conseguía. Notaba cómo me caía la sangre por la cara, me había abierto una ceja al caer, estaba tirado en la calle con una ceja rota y toda esa sangre en la cara y todo estaba oscuro, aunque supongo que ya estaba amaneciendo, pero de alguna manera me sentía bien, mi cabeza seguía funcionando perfectamente, pensaba en viajar a México, porque tenía un buen amigo que se había ido a México y habíamos hablado mucho de México y de la posibilidad de pasar allí algún tiempo, luego él se había marchado pero yo seguía aquí, y estaba tirado en la calle sangrando pero pensaba en México más de lo que había pensado nunca en México y me sentía bien, como si estuviera en medio de una canción. Algo como: Estaba tirado en el suelo y el tequila no era lo suyo pero por debajo de la sangre seguía pensando en México. ¡Qué bonito!

¿Qué pasó luego?

Luego mi equipo perdió la liga y alguien ganó las elecciones y Buster Douglas tumbó a Tyson y sólo fue el principio, y pusieron una bomba en las torres gemelas y un tío que decía que era Jesucristo se hizo fuerte en un rancho de Texas y doscientos policías no pudieron con él y Keith Richards sacó un disco en solitario y los rusos desplegaron un paraguas en el espacio que podía hacer que fuese de día durante diez segundos en mitad de la noche de algún lugar del sur de Francia.

## CANCIÓN PARA EL CHICO QUE SE EMPEÑABA EN CONSEGUIRLO A PESAR DE QUE LAS APUESTAS ESTABAN 9 CONTRA 1

Alguien le dijo al más pequeño: Ésta no es la manera, chico, no es así como se supone que debes hacerlo.

Alguien le dijo cuando ya había empezado a equivocarse: Mejor busca por otro lado, puedes contar conmigo para un cambio brusco. Uno que casi no hablaba su idioma añadió: Las carreteras serán muros, las baldosas colmillos, los puentes agujeros y los agujeros, agujeros.

Alguien le dijo al más pequeño: Esto no le ha salido bien a nadie. Pero él no dejaba de mirar sus botas rojas y sólo podía escuchar el sonido de sus propios pasos.

Cuando por fin encontré a Bowie estaba sentado debajo de un ángel de bronce. Sabía que estaría debajo de un ángel desde el principio, pero Berlín está lleno de ángeles.

Llevaba los ojos pintados de azul y el pelo rojo. Sabía que había llegado hasta allí por él y por eso apenas me miraba. Empezó a llover, pero no nos movimos. Ni el ángel, ni Bowie, ni yo.

Cuando ya era casi de noche me dijo: No tienes por qué preocuparte, aún eres demasiado joven para elegir.

A veces me imagino con una mujer y un niño corriendo por la casa. Un niño al que abrazar y dar besos, tan pequeño que todavía no está lleno de nada. ¿Quién voy a ser entonces? ¿Qué cosas podré coger con las manos y cuáles no? ¿Mediré lo mismo? ¿Tendré una cara parecida a la que tengo ahora? ¿Qué pensará mi mujer de lo que era antes? ¿Mi mujer será la chica rubia o tendré que ocultarle a ella que no lo es? ¿Qué pinta tendré follando? Cuando pase todo ese tiempo, ¿dónde estará este de ahora y dónde estará el de después y dónde estaré yo en medio de todo esto? ¿A qué me pareceré cuando sueñe? ¿Qué pasa con lo que has hecho? La responsabilidad sobre todas las cosas que hacías debería caducar, como las latas. ¿Cuánto voy a durar tal y como soy ahora?

Me siento como un negocio que va cambiando de dueño.

El día 3 de mayo de 1993, un jurado integra-
do por Rafael Chirbes, Iñaki Ezquerra, Juan Mar-
sé, J. Antonio Masoliver Ródenas y Enrique Mu-
rillo concedió, por unanimidad, el primer Premio
de Novela El Sitio a *Héroes* de Ray Loriga.

Este libro se terminó
de imprimir en
Sabadell, Barcelona,
en el mes de
febrero de 2020

# Descubre tu próxima lectura

Si quieres formar parte de nuestra comunidad,
regístrate en **libros.megustaleer.club**
y recibirás recomendaciones personalizadas